# 台湾文学と文学キャンプ

## 読者と作家のインタラクティブな創造空間

赤松 美和子

推薦の言葉

# 文学キャンプをめぐる優れた読書史、読書市場論

藤井 省三

台湾文芸界には元気な女性作家が多い——李昂、施叔青、朱天文、朱天心……。その気を受けるのか、日本の台湾文学研究者にも元気な女性が多い。本書の著者の赤松美和子博士もそんな新進研究者の一人である。

赤松さんは二〇〇七年、お茶の水女子大学の院生時代に、論文「戒厳令期の台湾における「文学場」構築への一考察」を引っ提げて学界に登場した。副題を「救国団の文芸活動と編集者瘂弦」と称するこの論文は、『日本中国学会報』第五九号に発表されるや、現代中国文学・台湾文学研究者の注目を集めた。それは「戒厳令」や「救国団」やらといった政治タームや、「文学場」という文芸研究用語が耳目を驚かしたためではない。同作が旧国民党統治期における台湾北京語文学の形成を、党国体制すなわち旧国民党独裁体制下の文芸政策とその施行を通じて分析した優れた読書史、読書市場論であったからだ。

「文学場」とはもとよりフランスの社会学者ピエール・ブルデューが提唱した用語であり、赤松さんはこれを「文学に関わる全ての人々が構成する、芸術、政治、市場及びそれらの組織、規則などあらゆる影響を受けながら変容する多層的、複合的な構造体」と定義して用いている。

この台湾「文学場」研究に際し、赤松さんが注目したのは救国団である。その正式名称「中国青年反共救国団」が反語的に示しているように、同団は国民党が中国大陸での共産党との内戦に敗れて台湾に逃亡した後の一九五二年、

蔣経国（チアン・チンクオ、しょうけいこく、一九一〇〜八八年）がエリート反共教育のために構築した組織で、共産党における共産主義青年団（共青団）に対抗するものである。蔣経国は救国団を通じて自らの「班底（テクノクラート）」として台湾本省人幹部も養成した。

国共内戦の敗因の一端を蔣経国が国民党の文芸政策及び青年教育への軽視に求めたため、救国団では反共と中華文化復興のための文芸活動を重視したという。やがて台湾が六〇年代の高度経済成長期を経て、七〇年代の国際的孤立期を迎えると、救国団はそれまでの思想統制を維持しつつ、独占的に大規模な文化活動を提供し、エリート青年・学生層の国民党独裁体制への支持を確保する方向へと方針展開した。

このような救国団運動実践の中で産み出されたのが、台湾独自の読者組織を擁した青少年向け国策文芸誌『幼獅文芸』であり、幼き反共の獅子たちを文芸によって洗脳するための文学キャンプであった。しかしこのように効率的に構築された反共文芸システムも、自ら詩人や小説家であった編集者たちの尽力により、また文芸市場のニーズに敏感な新聞メディアにより、そして何よりも感性豊かにして政治的正義感に富む台湾の文学少年少女により換骨奪胎されて、民主化社会を想像する台湾文学を誕生させてしまうのである。

この世界的にも稀有な旧国民党統治期独自の文芸制度史をめぐる興味深い論考の中でも、『幼獅文芸』二代の編集長朱橋（チュー・チァオ、しゅきょう、一九三〇〜一九六八年）、瘂弦（ヤーシエン、あげん、本名王慶麟、一九三二年〜）の奮闘ぶりを分析し、さらに後者は七〇年代後半に旧国民党系有力紙『聯合報』副刊主編に、八〇年代半ばには同紙グループの文芸誌『聯合文学』編集長に移籍するに従い、文学の政治的宣伝性をいっそう希薄化し、芸術性・商業性を高め、外省人文化人が主流派として台湾文壇を先導するという戦略を成功裡に実践した、という赤松さんの指摘には、快刀乱麻を断つが如しという思いを禁じえない。

アメリカの、ただし国籍はアイルランドの社会学者ベネディクト・アンダーソンは名著『想像の共同体』で、イギリス・フランスなど西欧やラテンアメリカの諸国では、一七世紀に産業社会化と市場の成熟が国語（ナショナル・ランゲウィッジ）と出版業を出現させ、口語文学が産業社会化を加速させて国民市場を成立させ、一九世紀に〝想像の共同体〟としての国民国家の誕生に至ると論じた。

一八八五年以後の半世紀にわたる日本統治期における日本語という「国語」、日本敗戦後から一九八〇年代後半まで四〇余年続いた旧国民党統治期における北京語という「国語」――近代台湾は台湾語という自らの「国語」を持つことなく、外来政権二代の「国語」を体験し、民主台湾社会の確立後は、閩南語と客家語、そして先住民諸語を尊重しつつ北京語「国語」を継承発展させている。このようなポスト・コロニアル台湾がいかに想像されたのか――本書はまさに救国団を手掛かりとして文学制度による「ネーション」誕生の秘儀を解き明かさんとする。こうして赤松さんは日本・台湾のみならず、世界の台湾文学研究における先頭集団の一員となったのである。

今日の日本では一九三五年創設の芥川賞がいわゆる「純文学」、直木賞がいわゆる「通俗文学」を顕彰する制度として定着しているが、七〇年代台湾では旧『中国時報』と『聯合報』の二大紙がそれぞれ政治文学を対象とする「時報文学賞」、「性」を描く文学を対象とする「聯合報小説賞」とに分化していったという指摘も、台湾の文学制度形成史という視点で鳥瞰してこそ、初めて得られる知見といえよう。

本書第一章から三章までは、もっぱら文学のいわゆるインフラ面の議論が展開されているが、第四章に至ると、そこには文学制度により培養されたのち、文学制度そのものに反逆していく元気印の女性作家たちが論じられている。李昂（リー・アン、りこう、一九五二年～）の代表作『迷園（迷いの園）』『自伝の小説』と朱天心（チュー・ティエンシン、しゅてんしん、一九五八年～）の代表作『想我眷村的兄弟們（眷村の兄弟たちよ）』『古都』の研究にもたいへん興味深いものがある。

台湾及び台湾文学に対する赤松さんの気迫が最も感じられるのは、第二章あとの「文学営」すなわち文学キャンプあるいは文芸合宿の体験記ではあるまいか。一九五五年の救国団夏季青年戦闘訓練に戦闘文芸大隊——一見、マジック・リアリズム風の名称だが——が参加して以来、半世紀以上の歴史を有する文学キャンプは、二〇〇五年の夏には期間二日から五日の日程で二二団体により開催され、それぞれ三〇名から六〇〇名が参加するという夏の文学フェスティバルへと展開している。行動派の赤松さんは、このひと夏になんと三つの文学キャンプに〝突撃〟参加、同級の文学少女からラブレターを送られたり、ボランティア工作者を志願したりと、特異な歴史を有する台湾文芸合宿の醍醐味を満喫しているのだ。

著者が元気に飛び跳ねる余りか、本書の原稿段階では論理の飛躍や文章の変調も散見されたが、中国関係書籍の名編集者である朝浩之氏の老練なる訓導により、引き締まった学術書に鍛え上げられたことであろう。新しい文学研究、楽しい台湾文学研究書の誕生を心から祝賀したい。

二〇一二年一〇月二二日　本郷赤門楼にて

# 目次

# 序章　台湾文学は夏に作られる

## 一．はじめに――研究動機と目的、及び各章論旨

台湾文学は夏に作られる。今年の夏も台湾では、三〇以上の「文学キャンプ（中文名は文芸営、文学営）」が開催され、三〇〇〇人以上の文学愛好者が参加したことだろう。「文学キャンプ」とは、作家・編集者・読者など文学愛好者が一堂に会する文学研修合宿を指す。参加者は、数日間寝食を共にしながら、作家による文学の講義を受け、持参した作品を投稿する。五〇年以上の歴史を持つ文学キャンプは、多くの作家たちのデビューのきっかけとなってきた。この文学キャンプは、読者にとってはファン（読者）感謝祭イベントである一方で、作家を目指す者たちにとっては作家・編集者に自分をアピールする貴重なデビューの機会であり、作家たちにとっても仲間の作家や編集者たちとの同窓会として機能している。文学キャンプが開かれる夏は、文学愛好者たちの様々な思いが、直接顔を合わせることにより繋がりある形をなして、まさに台湾文学が作られていく季節なのである。

文学キャンプという活動を想像することは、台湾人以外にとっては難しい。第一に、「文学」という個人的な活動が、なぜ相反する「キャンプ」という集団的な活動をもって行われるのか、想像する前にまず違和感を覚えずにはいられないだろう。第二に、「文学キャンプ」が恒例行事として行われている地域は、恐らく世界に台湾しかないから。

つまり、台湾独自の集団的な文学イベント、それこそが文学キャンプなのである。

本書では、社会学者ピエール・ブルデューが提唱した「文学場」という言葉を、「文学に関わる全ての人々が構成する、芸術、政治、市場、及びそれらの組織、規則などあらゆる影響を受けながら変容する多層的、複合的な構造体」と定義しなおして用いている。なぜ、文壇、文学界ではなく、「文学場」という言葉を援用したかといえば、台湾での調査後、作家・編集者など一部の文学生産者に限定した分析及び作品分析のみでは、台湾文学を理解することは不可能だと痛感したからである。

筆者は、台湾に滞在した一年間（二〇〇四年九月～二〇〇五年八月）、台湾文学の読者層の厚さ、創作投稿経験者の多さ、政治と文学の緊密さ、創作と批評の至近さ、文学研究の水準の高さ、そして何よりも文学への熱い思いに、圧倒された。同時に、筆者は、台湾では外国人研究者として、日本では台湾文学という外国文学研究者として、いかに台湾文学に向き合えばよいのか困惑した。だが、この筆者が感じた台湾文学のあり方への困惑の原因にこそ台湾文学の特徴があり、台湾の文学場を可視化し前景化することこそ、外国人研究者である筆者にふさわしい研究ではないかと考えた。

そこで取材を始めた。台湾において作家はいかに作られるのか。まず感じたのは、台湾には自称作家が多いということである。取材を進める中で、そのうちの少なからぬ人が、文学キャンプというイベントへの参加が、作家になるきっかけだったと教えてくれた。当時、台湾文学研究歴四年の筆者はこうして文学キャンプという言葉に出会う。文学キャンプって何？　台湾人は皆知っていたが日本人研究者は誰も知らなかった。ネット検索に始まり、台湾の友人たちから譲り受けた文学キャンプのハンドブックを読み漁り、台湾文学年鑑、文芸雑誌のバックナンバー、新聞のバックナンバー、ネット検索に明け暮れて、国立台湾大学台湾文学研究所の梅家玲先生にもご指導を仰いだ。ようやく一つの事実がわかる。

文学キャンプは、一九五五年に中国青年反共救国団が、エリート青年を対象とする反共教育のために始めたものだったのである。百聞は一見に如かず。そうだ、文学キャンプに行こう。筆者は二〇〇五、二〇〇六年の夏、五つの文学キャンプに参加し、文学キャンプリーダー（自称）となる（体験記は第二章末に掲載）。

作家、文芸編集者、文学研究者、文学キャンプ主催者、救国団関係者、国立台湾大学台湾文学研究所の学生、文学キャンプ参加者、カルチャーセンター文学講座受講者など二〇〇名以上への取材を経て、筆者は一つの確信を得た。

第28回塩分地帯文芸営参加者（台南県・南鯤鯓廟　2006年8月5日）

第6回頼和高中生台湾文学営での授業風景　嘉義県茶山村・珈雅瑪（2005年7月14日）

第6回頼和高中生台湾文学営でのシャマン・ラポガンの授業　嘉義県茶山村・珈雅瑪（2005年7月14日　呂美親撮影）

全国巡廻文芸営 開会式　桃山県中壢市・元智大学（2006年8月3日）

全国巡廻文芸営開会式　桃山県中壢市・元智大学（2006年8月3日）

それは、戒厳令期から戒厳令解除まで連綿と続く歴史を持つ文学キャンプの分析が、台湾の文学のあり方、及び文学場の形成とその変容を可視化する道標になるということである。本書の目的は、戒厳令期の文学場の形成を可視化し、戒厳令解除後の台湾文学を読み解くことにある。

**各章論旨**

第一章「台湾青年の総作家化計画――救国団の文芸活動と『幼獅文芸』編集者瘂弦」では、中国青年反共救国団（以下、救国団と略す）発刊の文芸雑誌『幼獅文芸』（一九五四年～）の編集長瘂弦《あげん》の編集活動を中心に、救国団の文芸活動とその影響を考察し、台湾の戒厳令期（一九四七～八七年）の文学場に関して論じた。中国国民党（以下、国民党と略す）は、国共内戦の敗北の一因が、文芸政策及び青年教育への軽視にあると考え、遷台後、文芸政策を重んじ、青年幹部を養成する救国団の中で、反共文学活動にも重きを置いた。救国団の文芸活動は、反共、中華文化復興運動など対中国を意識した国策であったため、学校を介し大規模かつ長期的に展開された。救国団各支部が刊行した青年雑誌を中高生に強制的に定期講読させるなど反共イデオロギーを標榜する担い手の大量養成が試みられ、結果として、全中高生たちに文学作品投稿の機会を提供し続けるなど文学のインフラが形成された。台湾青年の総作家化計画ともいうべき救国団の文芸活動は、反共といった政策の中身よりも、その規模と継続性により、広汎な読者層・作家層を一つの有機体化するに至った。

第二章「台湾文学の夏――五〇年の文学キャンプ史」では、台湾の文学キャンプの歴史、及び文学キャンプとは何かについて論じた。文学キャンプは、一九五五年、救国団が、エリート青年の反共思想教育を目的として、夏休みの間に開いた様々なキャンプの一つとして始まった。創成期の文学キャンプの講師は、反共を標榜する御用作家であり、約一〇〇名のエリート青年たちが一箇月間、創作指導を受けた。反共政策の一環であったにもかかわらず、民主化が進んだ今日まで連綿と続き、台湾の誰もが知る文学活動となった。戒厳令解除後は、文学愛好者を対象とした文学講座に生まれ変わり、三〇近い文学団体が開催し、夏休みの一大イベントとなっている。こうした作家と読者が一堂に会する文学活動の五〇年以上の継続が、日本の俳句や短歌の世界に見られるような創作者と読者、創作と批評の至近さといった特徴を生み出し、インタラクティブな広がりを持つ台湾の文学場のあり方を築いたと思われる。

第三章「台湾の芥川賞――『聯合報』『中国時報』二大新聞の文学賞」では、台湾の作家の生成について、文学賞という視点から考えた。現在の台湾における芥川龍之介賞ともいうべき、一九七〇年代後半から八〇年代にかけて台湾の文学を主導してきた『聯合報』『中国時報』の二大新聞の文学賞の変遷を分析した。一九七八年に設立された『中国時報』の文学賞が政治小説や郷土文学を積極的に評価し、八〇年代の文壇に影響を与えたことは既に指摘されているが、本稿では、一九七六年に設立された『聯合報』の文学賞に着目し、分析した。その結果、『聯合報』の文学賞は、政治小説などの選考に対しては保守的な態度をとりつつも、女性文学や同性愛小説を積極的に評価してきたことが明らかになった。こうした二大文学賞による政治文学、郷土文学、また女性文学、同性愛小説への肯定が、戒厳令期の文学教育を受けて育った作家たちによって戒厳令解除後に発表される台湾文学の誕生を誘導したのである。

第四章「戒厳令解除後の『私たち』の台湾文学――李昂と朱天心」は、前章までとは異なり作品分析である。李昂（一九五二年〜）、朱天心（一九五八年〜）といった戒厳令期の文学教育を子どものころから受けて育った、二大新聞の文学賞受賞作家である二人の作家が、戒厳令解除後に発表した作品を分析した。李昂は、『迷園（迷いの園）』において主人公の個人的記憶に基づいて集団的記憶を創造した。その後、民主化が進んだ後に書いた『自伝の小説』では、台湾人女性革命家である謝雪紅を、語り手の三伯父なるものの男尊女卑的な語りを用いることで、男尊女卑体制下における「他者」として設定し、その上で「謝雪紅」の個人的な記憶を通して、他者である「謝雪紅」のアイデンティティを追求し、女性の集団的記憶を創造した。一方、朱天心は、「眷村の兄弟たちよ（想我眷村的兄弟們）」を通して、外省人第二世代として、眷村（外省人集落）育ちの自分の記憶を遡求することから、眷村の仲間たちの集団的記憶を書いた。それぞれの台湾を、「私」の個人的記憶を遡求しながら「私たち」という一人称複数で集団的アイデンティティを創造する語りは、台湾における戒厳令解除後の小説の一つの大きな特徴である。

## 二 先行研究と定義

### ①文学場

張誦聖『当代台湾小説論――文学場域的変遷』（聯合文学出版社、二〇〇一年）は、ピエール・ブルデューが提起した文学場理論を台湾に応用したもので、戒厳令解除前後に台湾文学が直面した変化について、「二大新聞の文学賞」や「張愛玲の影響」など様々な例を挙げてその力学と影響について分析し、台湾の文学場研究の先駆けとなった。その他、五〇年代の文学場研究として、応鳳凰「五十年代女性小説与台湾文学場域」（行政院国家科学委員会、二〇〇三〜四年）、梅家玲「夏済安、『文学雑誌』与台湾大学――兼論台湾『学院派』文学雑誌及其与『文化場域』和『教育空間』的互渉」（『台湾文学研究集刊』、二〇〇六年）、また、『後殖民的東亜在地化思考――台湾文学場域』（国家台湾文学館、二〇〇六年）所収論文、二度の学会を経て出版された『台湾小説史論』（麦田出版、二〇〇七年）所収論文など、文学体制、文学メディアなどについて、文学場という概念を用いたことにより、新しい分析が多くなされた。

②ポストコロニアリズム

戒厳令解除後の文学を読む上で、ポストコロニアリズムは重要な概念である。ポストコロニアリズムの「ポスト」は、時間的な「後」という意味のみならず、「ポストコロニアリズムとはコロニアリズムの終わることなき再検証[1]」であり、「植民地主義による支配の構図を反省し、反転し、反抗するという意図[2]」を持つものである。

ポストコロニアル理論がエドワード・サイードの『オリエンタリズム』から始まったことからも明らかなように、ポストコロニアル理論における植民／非植民の関係は、西欧と非西欧、或いは西洋と東洋の関係を例として論じられ、西欧中心史観への疑問を投げかけ、旧植民地文化の再評価のみならず、西欧の文化を問い直す視座を提供した。こうした「西欧諸帝国のかつての植民地であった国々の文化（文学・政治・歴史など）ならびに、そうした国々と世界の他の国々との関係を考察する理論的、批評的戦略の集合のこと[3]」をポストコロニアル理論という。その後ポストコロニアル理論は、植民と非植民、或いは西欧と非西欧などに止まらず、「自己と他者との境界を不断に引き直し、あらゆる時空間から自己と他者との二項対立関係を壊していこうとする試み[4]」として広く応用されている。

宇野木洋は、中国におけるポストコロニアリズムの受容について「欧米／中国という二項対立を中国の側から乗り越える必要があり、その際には『中華性』の強調が重要だという論理が看取[5]」できる点に着目し、「いわゆる第三世界・旧植民地地域に独立後の現在においても現存する、種々のレベルの『帝国主義』的な文化侵略や覇権主義に対抗していくために、もう一方の極を打ち立てていく理論として、ポストコロニアリズムを把握し受容した側面があったのではないか」と指摘している。これに対し、台湾のポストコロニアリズムには、台湾のコロニアル経験から、様々な議論がなされている。[6] 陳芳明、劉亮雅の定義は、ポストコロニアリズム・ポストモダニズムを「どちらも反中心で、文化多元論を主張し、『他者』の存在と地位を承認している」と把握しながらも、「ポストモダニズムは高度資本主義の欧米で起こり、ポストコロニアリズムは第三世界で始まった」という点を重視し、「ポストモダニズムの最終的な目的は主体の脱構築にあり、ポストコロニアリズムは主体の再構築を追求している」[7]と認識している。

そこで、台湾のポストモダニズムが、戒厳令期の「大きな物語」を解体したのに対し、ポストコロニアリズムは、解体した上で、本土化、フェミニズム、同性愛、原住民など「もう一方の極を打ち立てていく理論として」採用され、様々な論述を生み出すための礎となり、多様な作品が生み出されたと考えられる。

③国文授業及び教科書（高校）

このテーマをめぐっては、日本では、南本義一「『国文教学概説』について――一九五〇年ごろの台湾の中等学校国語教育」（『福岡女子短大紀要』第一三号、一九七七年）、並びに「中国（台湾）の学習指導要領国語科編について――（その二）国民中学・高級中学のばあい」（『福岡女子短大紀要』第一〇号、一九七五年）などがある。前者は「国文教学概論」と一九四八年の「中学国文課程標準」について、後者は一九七〇年、七一年の「国民中学課程標準」「高級中学課程標準」の内容紹介である。

戦後台湾における高校の国文教科書の変遷については、蘇雅莉「高中国文課程標準与国文課本選文変遷之研究（一九五二―二〇〇四）」（国立政治大学国文教学所修士論文、二〇〇五年）が、一九五二年から二〇〇四年まで六度の改訂を重ねた「高中国文課程標準」、並びに一九五二年から九四年までの教科書の改訂、掲載作品について詳しく調査している。また教科書における台湾文学について論じたものに王碧蓮「国中国文教科書中台湾文学作品之編選研究」（『台北師院語文集刊』、二〇〇四年一一月）などがある。松崎寛子「台湾の高校『国文』教科書における台湾文学――鄭清文『我要再回来唱歌』を中心に」（『日本台湾学会報』第一二号、二〇一〇年）は、戦後、「国文」教科書が、国立編訳館による国定制から民間出版社による検定制へと移っていく検定制度の歴史を辿り、台湾文学が教材として「国文」教科書に採用されていく経緯を論証した上で、鄭清文「我要再回来唱歌」を取り上げ、詳細に検証している。

④救国団

救国団に関しては、一般学術論文はないものの、修士論文が数編ある。古道中「中国青年政治社会之研究——中国青年救国団自強活動個案」（政治作戦学院政治所修士論文、一九八五年）は、夏・冬休みに行われる救国団の訓練活動について包括的に論じたものであり、陳耀宏「中国青年反共救国団全国性動態青年活動」（国立台湾師範大学体育研究所修士論文、一九九三年）は、スポーツなどの活動について詳しくまとめている。また Thomas A. Brindley, *The China Youth Corps in Taiwan* (Peter Lang Publishing, 1999) は、救国団の活動を台湾独特のものとして捉え、台湾で救国団の活動がいかに発展していったかについて論じているが、ソ連のコムソモールに言及しているものの、両者の具体的な関係については論じていない。救国団の文芸活動については、高橋明郎「『幼獅』創刊——救国団と台湾反共文学」（『香川大学経済論叢』第八二巻第四号、二〇一〇年）に、『幼獅月刊』創刊号についての分析がある。

⑤一九五〇年代

一九五〇年代研究は昨今急速に進んでいる。日本でも、道上知弘「五十年代台湾における文学状況——反共文学を中心に」（『芸文研究』第七八号、慶応義塾大学芸文学会、二〇〇〇年）、高橋一聡「一九五〇年代国民党文化統合政策の変容——中国文芸協会に関する一考察」（一橋大学言語社会研究科修士論文、二〇〇六年）などがある。

台湾では、応鳳凰が資料整理を含め最も意欲的に研究を進めている。応鳳凰「『反共＋現代』右翼自由主義思潮文学版」（『台湾小説史論』麦田出版、二〇〇七年）、「五〇年代文芸雑誌概況」（『文訊——二十週年台湾文学雑誌専号』第二一三号、文訊雑誌社、二〇〇三年）、「五十年代台湾文芸雑誌与文化資本」（『台湾新文学発展重大事件論文集』国家台湾文学館、二〇〇四年）

など五〇年代の台湾文壇について雑誌を中心として包括的な基礎研究を行っている。鄭明娳「当代台湾文芸政策的発展——影響与検討」(鄭明娳主編『当代台湾政治文学論』時報文化出版、一九九四年)は、実際に国民党の文芸政策にも関わった立場から、五〇年代のみならず、文芸政策について包括的に論じている。李瑞騰「『中国文芸協会』成立与一九五〇年代台湾文学走向」(前掲『台湾新文学発展重大事件論文集』)は、中国文芸協会の成立と影響力について明らかにした。梅家玲「性別VS家国 五〇年代的台湾小説——以『文芸創作』与文奨会得奨小説為例」(『台大文史哲学報』第五五期、二〇〇一年一一月)は、中華文芸奨金委員会が多額な賞金を準備し、反共文学を推進した実態について詳しく論じている。以上、現時点では文芸政策、中国文芸協会など文芸団体、雑誌研究が非常に進んでおり、今後の展開も期待される。

⑥副刊

「副刊」とは、新聞の文芸欄のことである。林淇瀁(筆名は向陽)「文学伝播与社会変遷之関係研究——以七〇年代台湾報紙副刊的媒介運作為例」(中国文化大学新聞研究所修士論文、一九九三年)が先駆的研究である。さらに論文集『世界中文報紙副刊学総論』(行政院文化建設委員会、一九九七年)には、遷台以前の中華民国からの伝統を含め、研究者のみならず過去の副刊の編集長らが各方面から論じている。二大副刊(『聯合報』『中国時報』の副刊)の文学賞が文壇に与えた影響についての先駆的研究は、荘宜文『『中国時報』与『聯合報』小説奨研究』(国立中央大学中文系修士論文、一九九七年)であり、他に、江宝釵「江山風騷,究誰主/領——論両大報文学奨設立的文学史意義」(『台湾新文学発展重大事件論文集』国家台湾文学館、二〇〇四年)がある。メディア研究は、林淇瀁『書写与拼図——台湾文学伝播現象研究』(麦田出版、二〇〇一年)に詳しい。『新生報』「橋」、『国声報』「南光」など戦後間もなくの副刊に関しては、丸川哲史『台湾における脱植民地化と祖国化——二・二八事件前後の文学運動から』(明石書店、二〇〇七年)に詳しい。

⑦戒厳令解除後の文学

戒厳令解除後の文学を総括したものに、蕭義玲の博士論文「台湾当代小説的世紀末図象研究——以解厳後十年

（一九八七—一九九七）為観察対象」（国立台湾師範大学博士論文、一九九七年）、蕭義玲「戒厳令解除後の台湾における現代小説の軌跡」（『立命館言語文化研究』第一三巻第四号、二〇〇二年）、劉亮雅「後現代与後殖民——論解厳以来的台湾小説」（『後現代与後殖民——論解厳以来台湾小説専論』麦田出版、二〇〇六年）などがある。蕭義玲論文は、一九九七年までの戒厳令解除後の小説を、政治小説、女性小説、同性愛小説の三つに区分し、「大きな物語の変遷」から「小さな物語の構築」の意義について論じた。劉亮雅論文は、約一一〇作品を取り上げ、小説を独自の基準でポストコロニアル小説、ポストモダン小説など一二群に分類している。第四章の李昂、朱天心については、先行論文があまりに多数存在するため、必要に応じて第四章で紹介する。

# 第一章　台湾青年の総作家化計画
## ——救国団の文芸活動と『幼獅文芸』編集者瘂弦

### 第一節　はじめに

一九八七年七月、三八年間に及んだ戒厳令が解除された。その前年に発表された「将軍碑（将軍の記念碑）」（『中国時報』一九八六年）など張大春（一九五七年〜）の一連の作品をもって、台湾におけるポストモダン小説の幕が開く。その後トパス・タナピマ（一九六〇年〜）「最後的猟人（最後の猟人）」（『民衆日報』一九八六年）、朱天心（一九五八年〜）「我記得…（記憶のなかで）」（『聯合報』一九八七年）、平路（一九五三年〜）「台湾奇蹟（奇跡の台湾）」（『聯合報』一九九〇年）、李昂（一九五二年〜）『迷園（迷いの園）』（『中国時報』一九九〇―九一年）、朱天文（一九五六年〜）『荒人手記』（『中国時報』一九九四年）など、戒厳令期の「大きな物語」を解体したポストモダン小説、さらに新たな主体を構築しようと試みるポストコロニアル小説が多数発表された。(1) これらの作品は日本でも翻訳出版され、新しい台湾の文学として台湾内外で広く受容されていく。(2) その初出誌の多くが、『聯合報』『中国時報』の二大新聞の副刊（文芸欄）なのである。その一つである『聯合報』は、一九七七年には発行部数六〇万部、八〇年には一〇〇万部を超える大衆メディアであった。(3)

P・ブルデューは、「資本」を個人が獲得し、所有し、利潤を得るための諸価値の総体と解釈した。『ディスタンクシオン』の訳者である石川洋二郎は、そのうち「文化資本」を「広い意味での文化に関わる有形・無形の所有物の総体」とした上で、「家庭環境や学校教育を通して各個人のうちに蓄積されたもろもろの知識・教養・技能・趣味・感性など」を「身体化された文化資本」、「書物・絵画・道具・機械のように、物質として所有可能な文化的財物」を「客体化された文化資本」、学校制度や様々な試験によって賦与された学歴・資格など」を「制度化された文化資本」、以上の三種に分類している。(4)

大衆新聞が文学の最も主要なメディアであったという事実は、当時、文学が社会の中の大きな一角を占め、文学を、仕事、教養、趣味、或いは手段として、つまり「文化資本」として備えた読者・作家たちが相当数存在したことをも示唆しているのではないか。それは国民党が台湾へ渡って中国語が日本語に取って代わり「国語」となってからわずか三〇年後のことである。さらに注目したいのは、これらの作品を発表し、その後の台湾文学界をリードしていく作家の多くが、省籍にかかわらず戒厳令施行直後の一九五〇年代に生まれ、戒厳令期の文学教育を受けていることである。

本章の目的は、戒厳令期の台湾において、文学を「文化資本」とする読者・作家層がどのように形成されていったのかを考察し、文学の生成及び受容の場の生成を探ることにある。また研究対象は、一部の作家や文壇のみならず「文学場」全体に及ぶ。そこで、戒厳令施行直後に大きな影響力を持った中国文芸協会・中華文芸奨金委員会など既に研究が進んでいる外省籍の作家中心の文芸組織ではなく、(5)台湾全土の青年・学生を対象として大規模かつ長期的に展開された中国青年反共救国団の文芸活動に注目した。とりわけ、一九六〇、七〇年代に中国青年反共救国団刊行の文芸雑誌『幼獅文芸』の編集長を務め、その後七〇、八〇年代に『聯合報』副刊の編集長などを歴任し、八四年に商業文芸雑誌『聯合文学』を創刊した詩人瘂弦《あげん》の編集活動を中心として、戒厳令期の台湾における「文学場」の構築について考察したい。

## 第二節　学内の文学教育——逸脱の日本文学と正統の台湾文学

紅野謙介は、日本における学校と文学場について書いた論稿「『文学場』と階級をめぐって」の中で、「近代日本において『文学』は支配的な階級の『文化資本』としての位置を確立できなかった」[6]、さらに、明治の学校教育において、国語教科書で文学を取り上げ「文学」を受容する読者の拡大に貢献した一方で、学内雑誌への投稿を推進しながらも、学生たちが外のメディアに投稿しようと外の文壇と接触することを学校が妨げていた日本近代における学校と文学の屈折したあり方について、「階級上昇を目指す中等教育の場において、〈読む／書く〉行為に過剰に関わりすぎることは逸脱にほかならず、その逸脱を指して『文学』と呼んだのである。不良少年・少女と『文学』の関係が指摘されるのは、このためである。いわば学校体系の中に根をおきながら、その現実離れした画一主義・形式主義にあらがい、眉をひそめる大きな別世界を育ててしまったのだ。したがって、『文学場』は学校空間と密接に結びつきながら、なおかつ対抗的な関係において、その芽をつくった」[7]と指摘している。近代以降の学校教育の場における文学の受容が、その後の日本における文学のあり方にいかに影響を与えていたか看取できる。

一方、台湾では、戒厳令施行翌年の一九五〇年に「非常時期教育要綱」が定められ、政治、軍事、教育は、一体のものとしてあった。つまり、文学は逸脱としてあったのではなく、三民主義、中華民国、国民党の党国体制とは不可分な正統性を持っていたと考えられる。[8]

そこで本節では、学校における文学教育はどのようなものであったか、国文の授業について、とりわけ高等学校における国文の教科課程と教科書内容について、松崎寛子「台湾の高校『国文』教科書における台湾文学——鄭清文『我要再回来唱歌』を中心に」、及び蘇雅莉「高中国文課程標準与国文課本選文変遷之研究（一九五二—二〇〇四）」を参照し、簡単に確認しておく。

蘇雅莉論文は、「高中国文課程標準」に従い改訂された一九五二年、六二年、七一年、七四年、八四年、九四年の六版の教科書の内容を、先秦散文、漢魏六朝散文・駢文・賦、唐宋散文・散賦、明清散文、古典韻文、古典と現代小説、民国政治人物文章、民国作家及び翻訳の八項目に分類している。(9) 蘇雅莉の分類に従うと、一九五二年版では七一・三パーセントである古典文学の割合は、中華文化復興運動後の一九七一年版では七八・六パーセントに達し、戒厳令解除後の一九九四年版では七九・七パーセントに上る。台湾の国語における古典の割合は、日本や中国に比べ圧倒的に高いことがわかる。(10)

次に目に付くのが、民国期の政治人物の文章の多さである。松崎寛子が、一九七二年に「編纂出版された教科書を見ると、全体の九九課のうち、一五課ある白話文は孫文、蔣介石、蔣経国ら、国民党指導者に関する文章で占められている」(11)と指摘しているように、孫文、蔣介石、蔣経国を中心に、革命烈士、国民党の要職党員などの文章が多く掲載されている。(12) 例えば、一九五二年版から九四年版まで、孫文「黄花崗烈士事略序」は全版掲載されており、孫文「心理建設自序」（一九五二～八四年版）も四つの版で、蔣介石「我們国家的立場与国民的精神」も三つの版で掲載されている。

以上のように、台湾の国文教科書における文学とは古典、及び政治家の文章であり、国文教科書において、現代文学はほぼ教材として取り上げられていない。それでは青年たちは現代文学にどう出会い、読んでいたのだろうか。次節では学外の文学教育について中国青年反共救国団の文芸活動を例として見ていきたい。

## 第三節　救国団の文芸活動――文学の数と力

### 一．救国団の文芸活動に至るまで

中国青年反共救国団（以下、救国団と略す）の文芸活動は、国民党の文芸政策、及びそれを主導的に担った中国文芸協会の影響を多分に受けていると考えられる。救国団の文芸活動のみに関する先行研究はないため、本章では国民党の文芸政策と救国団に関する先行研究を基に、救国団の文芸活動に至るまでを簡単に確認しておきたい。

#### （一）中国国民党の文芸活動――文学力は政治力？

国民党中央宣伝部幹部であった張道藩は、一九四二年の毛沢東の「延安の文学・芸術座談会における講話」に対抗して、同年七月『文化先鋒』創刊号に「我々が必要とする文芸政策」を発表した。[13]実際に張道藩の提唱した文芸政策が機能するのは、一九四九年の国民党政府遷台以降である。[14]遷台後、国民党は大陸での敗北の要因の一因が文芸政策の軽視にあったと考え文芸政策を重んじ、一九五〇年に中華文芸奨金委員会を設立し、その後中国文芸協会（以下、文協と略す）を設立した。[15]一九五三年には、蔣介石が「民生主義育楽両篇補述」を発表し、それについて文協で活発な議論がなされた後、張道藩が「三民主義文芸論」を発表した。それらを具体化したのが一九五四年の「文化清潔運動」であり翌年の「戦闘文芸」の提唱である。

## （二）中国青年反共救国団——台湾エリート青年団

国民党は大陸時代、三民主義青年団を組織していた。蔣経国は、一九三七年にロシアから帰国し、四四年、三民主義青年団中央幹部学校の教育長に就任、その後三民主義青年団中央幹部学校と国民党中央党学校を統合した中央政治大学の教務長（校長は蔣介石）に任命されるものの、CC派が学生を扇動して行った排斥運動により間もなく辞任に追い込まれる[16]。遷台後一九五二年一〇月三一日、救国団が創設され、蔣経国が主任に任命された[17]。彼は要職就任後も一九七三年まで主任を務めた。救国団は「教育性、大衆性、戦闘性[18]」を備えた「共産党における共産主義青年団（共青団）に相当する[19]」「①党国体制の補助機構としての青年・学生の動員・コントロール機構、②国民党内権力競争の新参者としての蔣経国のパワー・ベイス、の複合的な役割を持った組織[20]」であった。蔣経国は大陸時代の経験を生かし[21]、「救国団を使って自身の『班底』を養うとともに、団の活動を通じて本省人の幹部を養成[22]」していく。一九七〇年代以降、救国団は、以前の管理体制を維持しつつも、大規模な余暇活動を独占的に提供し、青年・学生の党国体制への好感を確保すべく様態を変えていく[23]。この結果、救国団の活動は戦後の台湾の人々の生活に広く浸透していった。

## （三）中国青年写作協会——ターゲットは本省人青年

中国青年写作協会（以下、作協と略す）は、一九五三年に救国団の下部組織として設立された。初代常任理事は、文協関係者ではなく救国団文教組組長の包遵彭である。創設趣旨には、「本会は、青年作家を団結させ、青年の創作への興味を育成し、創作水準を向上させ、三民主義文芸理論を樹立し、反共抗ソの宣伝強化をもって宗旨とする（会章第二条）[24]」とある。一九六六年の資料によると、文協会員の九割が外省籍の作家であるのに対し、作協会員は台湾省籍者が六九パーセント、外省籍者は三一パーセント、また大学生及び専科学校生が七八パーセント、中高生が二〇パーセントであり、会員数は発足時の二五六名から一〇年あまりで三〇〇〇名へと増加している。[25] 作協の会員が次第に増えていった要因は、文協が南部、中部、澎湖、東部など国内に四支部しかなかったのに対し、作協の支部は各市県、教育機関など四九支部以上（各大学二九支部・各県市二〇支部、その他高校など）に及び、作協の射程が救国団に準じ本省人を含む台湾全土の青年に及んでいたためである。[26]

## 二　救国団の文芸活動

救国団の文芸活動執行主要機関は一九八二年を例とすると次のように六機関であり、文芸雑誌・書籍の出版、文芸団体の設立、文芸行事の主催などを通して青年文学者の育成に当たった。

①救国団総団部
・青年文芸人材の育成（国学研究会・青年雑誌編集者研習会・復興文芸営・定期集会の開催）
・文化人の結集（全国青年文芸座談会・文化人座談会などの主催、青年文芸活動の計画）
・青年雑誌の奨励（全国青年雑誌コンクールの実施）

②救国団各県市団委員会
・青年雑誌の出版・青年文芸専集の編集
・青年文芸図書室の設置・作協県市分会の支援

③中国青年写作協会
・文化人との関係強化・青年文芸活動の推進

④中国青年写作協会各県市分会
・青年文芸人材の関係強化・学校間の文芸活動の推進
⑤幼獅文化事業
・青年文芸叢書の編纂出版（共匪暴政罪行を反映した文芸叢書などの出版企画）
・青年文芸雑誌の出版（『幼獅学誌』『幼獅月刊』『幼獅文芸』『幼獅少年』）
・作協文芸活動への協力
⑥青年活動センター
・文芸環境の整備
・文芸作品展覧会の開催（王慶麟『青年工作叢書八　青年筆陣——青年的文芸活動』一〇～一三頁を基に作成）

彭瑞金は『台湾新文学運動四〇年』に、一九七二年の救国団関連の文芸団体及び文芸活動の活動資金が国庫から六〇億元以上支給されていたと記述している。(27) もちろん全ての資金が文芸活動に使われていたとは考えられないが、救国団の文芸活動がいかに大規模に展開されていたかがうかがえる。

例えば救国団総団部主催の「復興文芸営」は、救国団総団部が毎年夏・冬休みに、高校・大学生を対象として開催した訓練活動キャンプのうち、文学をテーマとしたものである。実際に業務を司ったのは作協であり、実務上の責任者は作協の総幹事でもある幼獅文化事業発行の文芸雑誌『幼獅文芸』の編集長だった。そのため講師は『幼獅文芸』に寄稿している作家がほとんどで、参加者の優秀作品は『幼獅文芸』に掲載された。このように六つの機関は、単独ではなく適宜協力している。ただこの総団部主催の文学キャンプへの参加定員は一〇〇名のみで、地方青年にとっては参加しづらいものであった。(28) そこで地方青年たちに対して影響力を持ったのが、各学校発行の学園雑誌、並びに救国団各県市団委員会発行の地方の青年雑誌であり、現在も刊行中である。

これら青年雑誌は、中国民族意識の覚醒と発揚、及び大陸での戦闘経験の総括と伝播のため創刊され、反共文学、戦闘文芸の提唱、或いは人心掌握の手段として、一九五〇年代救国団各県市団委員会単位で大量に刊行された[29]。その後青年雑誌は、次第に反共色が薄れ中高生の文芸創作の発表メディアとなっていったが、救国団の組織力をもって依然として大量に発行され続けた。一九八二年の統計によると、二〇ある各県市作協分会の月間発行総計は、一二五万四九一六部に上り、内訳は『北市青年』（台北市）一三万部、『青年世紀』（台北県）一〇万部、『桃園青年』（桃園県）一三万部、『新竹青年』（新竹県）五万三〇〇〇部、『苗栗青年』（苗栗県）四万六〇〇〇部、『中市青年』（台中市）六万三〇〇〇部、『彰化青年』（彰化県）二万六〇〇〇部、『南投青年』（南投県）四万部、『雲林青年』（雲林県）六万部、『嘉義青年』（嘉義県）六万部、『高青文粋』（高雄市）八万二〇〇〇部、『南市青年』（台南市）七万部などである[30]。この約一二五万部という驚くべき発行部数は、学校を介し中高生全員に強制的に定期購読させていたためである[31]。『中華民国教育統計（一九九四年）』によると、台湾の一九八二年の中学生数は一〇八万二三五八名、高校生数は一八万七〇一五名[32]、合わせて一二六万九三七三名となり発行部数にほぼ一致する。台北市では一九九六年以降自由購読となったが[33]、例えば一九九一年一一月七日の『聯合報』は、『北市青年』の発行部数が二四万部であることと同時に、救国団が教育部と学校の職権を利用し全学生に購読を強要していることへの疑問を報じている。

これら青年雑誌は、反共イデオロギーが顕著であった創刊時、及び国民党が求心力を失っていく一九九〇年代以降を除いてほぼ唯一の文芸創作を発表するメディアであり、執筆・投稿者は各県市の中高生及び教師であった[34]。編集業務は初期には各作協支部の総幹事が編集長として務めた。例えば高雄市の編集長は一時期劉慕沙（日本文学翻訳者、作家朱天文・朱天心の母）であった。現在は、例えば台北市では毎月一度台北市内各中高の国文教師の代表者が会議を開き編集に当たっており、投稿方法は自薦による直接投稿と国文の作文の授業（中学二・三年生は三週間に五時間）[35]での優秀作品の推薦投稿があるとのことだ。[36] このように救国団の青年雑誌と学校、国文の授業、国文教師は密接な関係にあった。
もちろん文学創作能力は学校教育で簡単に養成できるものではない。例えば李昂の処女作「花季」は『中国時報』の前身『徵信新聞報』に掲載された。当時のことを李昂は、「私が誰か知られたくなかった。高校のクラスメイトも先生（担任を含む）も、私が小説を書いていることを知る者はいなかった、本当に一人もいなかった」[37]と回顧した。李昂が五〇歳のとき、「写作的十七歳」と題して書いたこの三〇〇〇字弱のエッセイに、「クラスメイトも先生も知らなかった」というエピソードは四度も書き込まれている。この執拗な言及は、先生、クラスメイトが知らないということがいかに特殊であり、この特殊さが李昂の作家としてのアイデンティティに深く関わっていること、また当時の青年文学者にとって、創作は、学内活動の一環であり、学内選抜を経て初めて外部メディアと接触可能であると認識されていたことを物語っている。だが本省人である李昂にこのようなことが可能だったのは、施淑（淡江大学中文系栄誉教授）、施叔青（作家）の二人の姉から文学に関する「文化資本」を直接享受できたからであろう。『徵信新聞報』への投稿も姉の紹介によるものだ。[38]
青年雑誌により、創作、投稿、発表の機会が、学校という場で毎月提供され続けることは、各教科の成績や地域の体育系大会への参加などと同じく、人より秀でたいという欲望を刺激し、創作、投稿という行為に、単なる個人的な趣味以上の価値、つまり学歴などと同じく文学に「文化資本」としての価値を付与していくのではないだろうか。とりわけ家庭で直接受け継ぐことのできる「文化資本」に限りある戦後第一世代の本省人青年にとって学校の影響力がいかほどだったかは想像に難くない。
このような特権化された文学のあり方が、救国団という党国体制を維持する担い手を育成する目的を持った国家組織と学校との連携により、数十年にわたり中高生、大学生に提供され続けた。こうした大多数の青年を対象とした文学教育の継続は、戒厳令期における文学のあり方の基準を作ると共に、仕事、教養、趣味、或いは手段として、文学を「文化資本」とする行為者を育む可能性を広げ、大衆メディアである新聞を第一の文学メディアとするような広汎な読者市場を形成していったのである。

# 第四節　『幼獅文芸』——全台湾青年の愛読書

## 一．一九五〇年代出版の文芸雑誌

このように一九五〇年代、学校の内部で読者・作者の大量養成が行われたのは、外部で体制イデオロギーを標榜する新たな文学の読者・作者を渇望する多くのメディアの存在があったからであろう。『幼獅文芸』以外にも、「『文芸創作』『軍中文芸』から『文壇』『文学雑誌』に至るまで、台湾ではわずか一〇年の間に、三〇種近い文学雑誌が次々に創刊された」(39)という。だが創刊はされたものの、例えば政府系雑誌であっても、『軍中文摘』(一九五〇年創刊、国防部総政治部)は、『軍中文芸』『革命文芸』と二度の改名を経て一九六二年に停刊、『文芸創作』(一九五一年創刊、中華文芸奨金委員会)は五六年に停刊、最強の文芸組織であった文協が発刊した『文壇』(一九五二年創刊)ですら八五年には停刊しており、生き残りは容易でないようだ。一九五〇年代に創刊され現在も刊行中の文芸雑誌は、『皇冠雑誌』(一九五四年創刊、皇冠出版社)、『創世紀』(一九五四年創刊、創世紀詩社)、『幼獅文芸』の三誌のみである。(40)

## 二.『幼獅文芸』の歴代編集長とその時代

前述したように青年雑誌が救国団の地方規模のものであったのに対し、救国団が全国規模で刊行したのが『幼獅文芸』であった。『幼獅文芸』は、一九五四年の青年節（三月二九日）に作協より創刊された。この「幼獅」という名は「youth」の音訳であり作協の理事がいくつか候補を挙げ、救国団主任であった蔣経国が決定した。[41] 当初は作協から刊行されたが、救国団の組織改革に伴い一九五八年からは幼獅文化事業が出版・編集を請け負っている。

応鳳凰が、一九五〇年代創刊の文芸雑誌を四種に類別した論稿の中で、『幼獅文芸』を「文芸性と教育性を備え、学生大衆を発行対象とした[42]」雑誌に分類しているように、『幼獅文芸』は反共文学といった体制イデオロギーを標榜する、青年読者のための教育雑誌として創刊された。一九八二年の発行部数は一万一〇〇〇部であり、[43] 現在も七〇〇〇部が発行されている。[44] この安定した発行部数は各中学高校によるクラス単位の定期購読により支えられてきたと考えられる。[45] 例えば、李瑞騰（一九五二年～、国立中央大学中文系教授）は、「国府遷台後三〇年間の知識青年の中で文学を愛する者は、誰でも教室で気軽に『幼獅文芸』を捲《めく》ることができた、なぜなら中国青年反共救国団が雑誌を直接各クラスに届けたから[46]」である。古蒙仁（一九五一年～、作家）は「各クラスはいくつかの雑誌を定期講読しており、多くは理論性の雑誌で、文芸性のものは『幼獅文芸』だけだったので、私はすぐに魅了された[47]」と、鄭明娳（一九五〇年～、東呉大学教授）は「高校時代…（中略）…私たちの唯一の課外読書であり…（中略）…創作し投稿し始めたころ、当然『幼獅文芸』も目標の一つとなった[48]」と当時を回顧している。一九六〇年代後半に高校時代を送った彼らにとって、『幼獅文芸』は、現代文学の唯一の読み物であり、[49] 憧れの雑誌として存在したようだ。

このように青年文学者に絶大なる影響を与えた『幼獅文芸』は、「台湾文壇に最も影響力のある[50]」文芸雑誌であると評されてはいるものの、同誌を論じるものは少ない。この原因を余光中は、政府系雑誌であり同人誌ではないため同誌にアイデンティファイする作家が少ないからだと指摘している。[51]また、『幼獅文芸』に限らず救国団の文芸活動については現在に至っても文学史や雑誌についての論稿で言及されてはいるものの、研究対象とされてこなかったのは、救国団の文芸活動が台湾の人々の生活にいかに浸透しているかということを示しており、自明のことであるが故に未だ可視化し難い現状にあると考えられる。

それでは一九八〇年までの『幼獅文芸』について、編集長交替に基づき三つの時代に区分して順に見ていきたい。創刊時は作協の理事が持ち回りで編集長を務め、その後は朱橋が第一三三～一七九期（一九六五～六八年）、瘂弦が第一八三～三一七期（一九六九～八一年）を務めた。

### （一）作協理事時代　第一～一三二期（一九五四～六五年）——政府系機関誌

一九五三年の作協成立後、常任理事会で出版についての討議がなされた。紛糾の末、「文芸団体が文芸雑誌を出版せずにいられようか[52]」との意見により出版が決定し、その後、理事会で追認され、翌五四年に『幼獅文芸』が創刊された。[53]

創刊時『幼獅文芸』は四〇ページ弱の小雑誌で、内容は小説、散文、文芸評論、文壇消息、海外の作家紹介などであった。作協の理事・監事である馮放民、鄧綏寧、劉心皇、楊群奮、宣建人、王集叢の六名が交替で編集長を務めた。寄稿者は作協の作家が中心であった。例えば作協が澎湖を慰問すればその活動に関する作品を「作協訪澎湖」（一九五五年）と題して特集したり、救国団主催の文学キャンプ開催後には、文学キャンプ中に執筆された参加者の優秀作品や、同行した作協の作家の作品を「青年戦闘訓練文芸隊成果」（一九五六年）として掲載したりするなど、救国団や作協の文芸活動成果の発表の場となった。また、「全国青年学芸競賽」を開催し、青年の優秀作品を掲載して、全国の文学青年たちの目標となった。例えば一九六四年には、李喬（一九三四年～）が首席に輝いている。だが初期の『幼獅文芸』については余光中が「率直に言えば、初期はたいして感動しなかった。みんなもただ「青年写作協会」の政府系雑誌だとみなしていた」[54]と述べているように、作協理事時代は作協の機関誌として機能していたにすぎず、文壇に対する影響力は大きくなかったと思われる。

### （二）朱橋　第一三三～一七九期（一九六五～六八年）——台湾青年のための文芸雑誌

朱橋は、一九三〇年江蘇省生まれの小説家で、三六歳で『幼獅文芸』の編集長となる。それ以前は『宜蘭青年』の編集長であった。『幼獅文芸』の編集長就任後は作協の理事も務めた。

朱橋時代の『幼獅文芸』も基本的には作協理事時代を引き継ぎ、救国団の文芸活動の成果発表の場であった。例えば一九六六年の中華文化復興運動を受けて、「座談　青年的文化復興運動的意見」（第一六五期）特集を組むなど政府系雑誌としての役割を果たし続けた。

一方、朱橋時代を「写作協会に大量に新しい血が入った時期」[55]と司馬中原が評したように、朱橋を迎えることにより『幼獅文芸』は大きく刷新された。例えば頁数は第一三三期では一二〇頁以上と創刊時の三倍に、その後第一三九期になって二〇〇頁を超えた。執筆者は、作協の理事でもある高陽・朱西寧・司馬中原・段彩華ら軍中作家たち、陳紀瀅ら文協で主導的な役割を果たした老作家たちに加え、黄春明・陳映真・鍾肇政・鍾鉄民・葉石濤・鄭清文・李魁賢・李喬ら日本植民地期生まれの本省人作家、さらには張系国・蔣芸、蕭蕭・瓊瑤《けいよう》・三毛ら省籍を問わず若い作家たちが当たった。例えば黄春明は「男人与小刀」で『台湾文芸』の「台湾文学賞佳作」を獲得したが、その初出誌は『幼獅文芸』（第一三九期、一九六五年）であり、処女作「清道夫的孩子」も救国団の機関紙『幼獅通訊』に掲載されている。また当時最も影響力のあった『現代文学』（一九六〇～七三年）、『文学季刊』（一九六六～七一年）などに寄稿していた作家たちも『幼獅文芸』に文章を寄せた。こうしてこれまでジャンル・学校・省籍などで棲み分けていた作家たちが、そろって『幼獅文芸』に発表した様子を、楊牧は「多くの『同人雑誌』が長年夢にも思わなかった仕事」[56]と評している。

この変化は、第一三八号の「原稿募集一字一元」（一九六五年六月）といった全面広告にも見受けられるが、実際には多くの作家たちに個人的に執筆を依頼した朱橋の手腕が大きかったようだ。例えば鍾肇政は、『幼獅文芸』の執筆動機について書いた文章の中で、一九六五年二月、朱橋が鍾肇政の自宅に『幼獅文芸』への執筆依頼に来たこと、さらにまだ出版先が決まっていなかった「台湾省青年作家叢書」出版の約束を取り付けたことについても書いている。(57) 瘂弦は、朱橋の熱心な編集態度について「原稿のためなら、彼は作家の家で一晩でもじっと待っていられる」、「間違いなく天性の編集の天才であり、彼こそが台湾光復後最初の編集者である」(58)と称えた。だが朱橋は編集長となりわずか三年で鬱病を患い自殺した。

朱橋時代の『幼獅文芸』は、政府系雑誌でありながら多くの著名作家の作品を掲載し、新たな書き手を求め続け、台湾の文壇において求心力のある文芸雑誌の一つとなった。『幼獅文芸』が、救国団の組織力により学校を介し、唯一の現代文学の雑誌として、多くの青年読者に毎月届けられ、同時代の作品を読む機会と著名作家と共に自分の作品・名前が掲載されるという目標とを文学青年に与え続けた意義は大きい。

### （三）瘂弦　第一八三〜三一七期（一九六九〜八一年）――台湾を華文文学の中心に

朱橋の死により、一九六九年、六五年から『幼獅文芸』の編集者であった瘂弦が編集長に就任した。瘂弦は、一九三二年河南省生まれ、遷台後一九五四年、国防政工幹部学校（初代校長は蔣経国）(59)を卒業した軍中詩人でもある。瘂弦ら軍中詩人がシュールレアリスムの手法による詩を多数発表していたことについて、松浦恆雄は「瘂弦ら軍中詩人が、既に疎外感をバネにして台湾社会と共有し得る新たな価値観を見い出していたことを物語る」(60)と指摘している。だが『幼獅文芸』の編集長となって以降、彼は詩作を発表していない。

『幼獅文芸』において、瘂弦は、世代を問わず多くの人々に原稿を募り、作家個人と向き合い、新人を発掘する朱橋の編集方法を受け継いだ。また『幼獅文芸』の編集室を出て、各大学に「駐校作家」として滞在するなど青年たちと直接会することを通して新人の発掘と育成に努め、原稿を集め続けた。[61] 例えば舞踊家であり作家でもある林懐民（一九四七年〜、嘉義生まれ）は、『幼獅文芸』の思い出として、大学時代、小説を投稿し、憧れの瘂弦から直接指導を受けたときの感動を真っ先に書いている。[62] その投稿作「逝者」は第一八九期に掲載された。また張大春（一九五七年〜、本籍山東省、台北生まれ）は、現在最も活躍している作家の一人だが、「幼獅文芸全国小説競賽」での優勝作「懸盪」（第二七八期、一九七七年）によってデビューした。軍中作家の朱西寧は、瘂弦に長編小説「八二三注」を『幼獅文芸』に発表するよう頼まれたエピソードを語っている。[63] このように瘂弦は新人作家を育てると共に、ベテラン作家の寄稿も募った。一九七一年には、呉瀛濤《えいとう》監修「概述光復前的台湾文学」（第二一六、二二一期）、七四年には、出獄後の楊逵《き》を東海花園に訪ねて、[64]「新聞配達夫」（第二四九期）を載せるなど日本植民地時代の作品の掲載にも努めた。また、一九八〇年代には、公には禁止されていた中国三〇年代の作家の作品についての論稿も見える。例えば、周玉山「魯迅作品的現代観」（第三八七期、一九八六年）を掲載した。[65]

瘂弦時代、最も特徴的なのは台湾以外の作品、特に他の中国語圏の作家たちの作品を多く掲載していることだ。これは一九六六年に始まる中国での文化大革命に対抗し、蒋介石が中華民国の文化の正統性を掲げた中華文化復興運動の推進していたことを受けたものであろう。[66] また七一年の中華民国の国連脱退、諸外国との断交によって国民党政府が国際社会で孤立する中で、救国団が特別なポジションをもって他国との関係を維持する役割を担ってきたためでもあると考えられる。[67] 瘂弦も六六年から六八年まで、ポール・エングルと聶《じょう》華苓が創設したアイオワ大学作家工作室に滞在し、[68] その間に多くの文学者たちと交流を深めたようだ。[69] 帰国後の『幼獅文芸』には、也斯（「書与街道」第一九六期、一九七〇年他）、劉紹銘（「吃馬鈴薯的日子」第一九七期、一九七〇年他）、西西（「騎者之歌」第二〇三期、一九七〇年）、白先勇（「小説写作漫談」第二四五期、一九七四年他）、張愛玲（「連環套」第二四六期、一九七四年他）、[70] 思果（「偶然集」第二五二期、一九七四年他）ら、在米の台湾人作家、中国人作家に加え、香港人作家など中国語圏の作家が多数寄稿するようになった。痘弦は当時の編集方法について、「世界の華文創作に対する『幼獅文芸』の影響を強化することに全精力を傾けていた。私は雑誌の構成を見なおし、海外の作家の原稿を広く募ることで、台湾を世界の華文文学の中心にしたかった」(71)と述べている。

こうした痘弦の編集者としての仕事は、「新人発掘に努め、日本植民地時代の作家、共に遷台してきたベテラン作家、さらには在米中国人作家、香港人作家に至るまで、台湾内外の中国語圏の作家の原稿を集め、「台湾を世界の華文文学の中心に」（同上）しようとしていたものと看取できる。

中国の文化大革命が終焉した翌年の一九七七年、台湾では郷土文学論争が起こった(72)。その年、痘弦は、『聯合報』副刊（以下「聯合副刊」と略す）の編集長に就任し、友人でもある高信疆（『中国時報』「人間副刊」編集長）と台湾の文学界を主導的に担っていく。彼の編集長就任は、当時の「聯合副刊」総編集長であり痘弦の同窓でもある張作錦の誘いによるもので、七六年に既に決定していたが、米国に留学予定であったため帰国後の七七年一〇月に就任した(73)。そのため郷土文学論争が最も激しかったとき彼は米国にいた。その後九八年まで二一年間「聯合副刊」の編集に携わる。

一方で一九八一年までは『幼獅文芸』の編集長も兼任（総編集長としては八九年まで）していた。だが「聯合副刊」の編集長就任の際、痘弦のみならずグラフィックデザイナー林崇漢も移籍していること(74)、また余光中の「残念ながら彼の労力は後になって他のところに向けられ、『聯合副刊』の編集長となった(75)」との発言から、痘弦の関心と労力の大半が「聯合副刊」に移行していったことが推測される。

『幼獅文芸』にとって決定的な打撃は、『現代文学』停刊後の一九八四年、『聯合報』と同じ聯経グループが『聯合文学』を創刊し、痘弦が編集長・社長に就任したことだ。創刊当初、『幼獅文芸』を超えようと謳った『聯合文学』は(76)、またたくまに台湾で最も影響力のある総合文芸雑誌に成長した。一方、痘弦が移籍した後の『幼獅文芸』は、創刊時に作協の理事でもあった段彩華（第三二八～四四五期、一九八一年四月～九三年）が編集長となり、青年読者を対象とした青年文芸雑誌へと回帰し、文壇への求心力はなくなっていった。だが結果的には、青年文芸雑誌として、他の文芸雑誌と読者層を棲み分けたこともあり、今日なお刊行中である。段彩華以降の編集長は、段時代から編集に携わってきた陳祖彦（第四七五～五四六期、一九九三～九九年）が引き継ぎ、一九六七年には金門生まれの呉鈞堯《きんぎょう》（第五四七期～、一九九九年～現在）が三二歳の若さで第六代編集長に就任し現在に至る。

陸堯は、『聯合文学』を、台湾を含む「華文文学」（大陸文学・香港文学・シンガポール文学）、並びに世界文学も射程に入れた文芸雑誌であり、台湾、及び世界の文学潮流に敏感で、小説新人賞、文学キャンプなど文芸活動を主催し、新時代の作家育成に寄与する「動静融合」の雑誌であると特徴付けている。[77] この「華文文学」を中心的に担っていくことこそ、瘂弦が『幼獅文芸』で模索、実践に努めたことであり、新時代の作家育成は、まさに『幼獅文芸』が長年にわたり担ってきた役割であった。また陸堯の言う『聯合文学』の「動」の部分である全省巡廻文芸営（一九八五年創設）も、運営方法、講師の顔ぶれを見る限り、『幼獅文芸』が実施した救国団の文学キャンプを大いに参考にしたように思われる。

このような『聯合文学』に見られる「動静融合」の文芸雑誌のあり方は、一九六〇、七〇年代までは、『幼獅文芸』のように体制イデオロギーの担い手である読者を拡大していこうとする政府系雑誌でしか果たし得なかった。こうした雑誌のあり方そのものが、瘂弦移籍に伴い、商業総合文芸雑誌である『聯合文学』に引き継がれていったと考えられるのではないか。もちろん背景に、七〇年代以降の政治的状況の変化による党国体制から資本主義経済体制への、台湾社会におけるヘゲモニーの移行があることを見過ごすことはできない。注目すべきは、それに文学におけるヘゲモニーの移行が連動し得たことだ。作家・読者の大量養成について前節で指摘したが、一九七七年に六〇万部を超えた『聯合報』の読者たちが（もちろん『聯合報』の読者が全て副刊の読者だとは限らないが）、郷土文学論争後も『聯合報』

離れせず、それどころか一〇〇万部を超えた八〇年を迎えたとき、副刊の文壇への求心力はますます高まっていった。こうした状況を迎えられたのは、郷土文学論争後の二大副刊のあり方にもあったと考えられるのではないか。つまり、二大副刊が、どちらかに加担するのではなく、郷土文学論争の大きなうねりを受け止め取り込もうとしたことに、文学におけるヘゲモニーの移行が連動し得た要因があったのではないだろうか。

「聯合副刊」を例とすると、郷土文学論争は、彭歌が王拓らを名指しで批判した「不談人性，何有文学（人間を語らずして、何処に文学あらん）」（一九七七年八月一七〜一九日）が、「聯合副刊」に掲載されたことをもって正式に幕が切って落とされたと言われている。[78]「聯合副刊」は、郷土文学論争で、反郷土派の主張を発信するために使用されたメディアの一つであった。だが一〇月に帰国し渦中の「聯合副刊」の編集長に就任した瘂弦は、その彭歌の「三三草」連載（一九六〇〜九七年）を続ける一方、一九七七年の台湾の文学を振り返った「一年来的我国文壇」と題した特集を組み、詩（一九七八年一月一日）、戯劇（一月四日）、文芸批評（一月七日）、散文（一月九日）、小説（一月一一日）、文芸運動（一月一二日）を総括した。これは瘂弦が就任して最初の特集記事である。そのうち朱炎の論じた小説部門を例として見てみると、王拓の「望君早帰」も含め、一九七七年発表の作品・作家を全て肯定的に評している。[79]郷土文学論争により、「王拓らを三〇年代の左傾作家と同様に警戒しつつも…（中略）…彼らに『愛国者』という評価を与え、彼らを自陣営に取り込もう」[80]とした政府の姿勢を受け、また「聯合副刊」紙上においても繰り広げられた郷土文学論争による傷を修復し、読者・作家離れを避けたい巨大文学メディアの編集長としての瘂弦の意図が垣間見える特集である。その後も「聯合副刊」は、『中国時報』「人間副刊」と競いながら、「海外作家五四座談会紀実」（一九七八年五月二七〜二八日）、「光復前的台湾文学座談」（一九七八年一〇月二二〜二七日）など意欲的な特集を組み続けた。また編集以外の彼の活動に注目すると、後に台湾本土文学の中心的な役割を担っていく作家たちが多数参加していた塩分地帯文芸営にも、第一回（一九七九年）から第九回（一九八七年）にかけて六度も参加している。この参加回数は、外省人作家としては最多である。

瘂弦は、『幼獅文芸』→「聯合副刊」→『聯合文学』と移籍することにより、三〇年間台湾の文学の主流派を先導し続けた。これは言い換えれば、瘂弦が主流派を導く立場であるためには、『幼獅文芸』（政府系青年文芸雑誌）から「聯合副刊」（大衆新聞）、そして『聯合文学』（商業総合文芸雑誌）への移籍が不可避であったとも言える。また、瘂弦の『幼獅文芸』を青年時代に読み育った文学青年にとって、一九七七年以降の「聯合副刊」、八四年創刊の『聯合文学』が、受け容れやすいものであったことも想像に難くない。つまり『聯合文学』という商業文芸雑誌の成功に行き着くためには、救国団の組織力で広汎な青年文学読者層を作り上げ、巨大メディアと巨大資本で文学を大衆化する必要があったのだ。瘂弦は、台湾の文学界におけるイデオロギー対立に参加し早急に勝利することよりも、外省人の文学者として台湾に生きることの価値を模索し続け、常に主流派として台湾の文学を先導することに主眼を置いて文学と関わり続けたのではないだろうか。文学のヘゲモニーの移行において、主導的な役割を果たした一人が瘂弦であったと筆者は考えている。

こうして瘂弦は、台湾を中心に中国語圏の作家たちの原稿を集め、「台湾を世界の華文文学の中心に」するため三〇年に及ぶ編集作業を遂行し続けた。つまり、瘂弦の『幼獅文芸』により模索、実践に努め、「聯合副刊」により開花し、『聯合文学』によって成就したと考えられる。そして直接選挙による総統選挙で李登輝が総統に就任して二年後の一九九八年、瘂弦は台湾を去りカナダへ渡る。だがその後も、台湾において瘂弦が成功させた『聯合文学』という商業総合文芸雑誌は、台湾の文芸雑誌の先導者となり、台湾の文学界で主導的な役割を担っていった。こうした「動静融合」の文芸雑誌のあり方、文芸雑誌をめぐる作家・読者・編集者のあり方、文学のあり方こそ、瘂弦の『幼獅文芸』が基調となり作り上げられたものだと言えるのではないか。二大新聞副刊を文学界の最大メディアに育て、商業総合文芸雑誌『聯合文学』を成功させ、その後の台湾文学の進展を支えたものこそ、瘂弦が『幼獅文芸』をもって育てたかつての青年読者たちなのではないだろうか。

# 第五節　おわりに

戒厳令期の台湾における文学場はいかにして形成されたのか。『幼獅文芸』編集長瘂弦の編集活動を中心に、救国団の文芸活動とその影響の分析を通して考察してきた。第二節では、学校における国文授業について論じた。第三節では救国団の組織力を利用した、学校を介した大規模な文学教育の継続により、文学を「文化資本」として備えた者たちが量産され、文学のインフラストラクチャーが作られたことを指摘した。第四節では、著名作家たちの作品を掲載した『幼獅文芸』が学校を通して中高生へ毎月届けられ続けたことによる影響力、及び『幼獅文芸』に見る政府系雑誌のあり方を、雑誌編集に心血を注いだ朱橋と瘂弦二人の外省人編集長の編集活動を中心に分析した。さらに瘂弦が編集者として、台湾の文学界において主流派を先導し続けたことについて、『幼獅文芸』以降の彼の活動も概観しながら考察した。

もちろん、台湾の識字率の高さ、人口・地理的規模も見過ごすことはできない。だが、救国団の文芸活動は、反共文学、中華文化復興運動といった対中国を意識した国策を契機としたものであったからこそ、学校を介し大規模かつ長期的に展開することが可能であり、それは初期の目的が形骸化した後も続けられた。

戦後三〇年の台湾では広汎な読者層・作家層が組織化された。それは、瘂弦の『幼獅文芸』を中心とした戒厳令期の救国団の文芸活動を基盤として形成されたのである。

# 第二章　台湾文学の夏——五〇年の文学キャンプ史

## 第一節　はじめに

本章では、文学キャンプの分析を通じ、第一章で論じた救国団の文芸活動が戦後台湾における文芸活動の基調となっていることを論証すると共に、台湾文学、文学場のあり方について考察する。

今年の夏も台湾では、おそらく三〇以上の文学キャンプが開かれ、総勢三〇〇〇人の文学愛好者が参加したと思われる。文学キャンプとは、作家を講師として文学愛好者を対象とする研修合宿で、一九五五年に青年写作協会（以下、作協と略す。常任理事包遵彭・高明・楊群奮・馮放民・姚谷良）の運営により救国団の夏季青年訓練活動の一環として始められた。その後、多くの文化団体により、開催され続け、今日では夏休みの恒例行事となっている。もちろん数日にすぎない活動である文学キャンプが、即席に優れた作品や作家を生み出す力を備えていないことは、各主催者側の一致した見解である。それでも調査を続けたのは、文学キャンプが一九五五年以降五〇年以上絶え間なく続けられた活動であり、文学キャンプの歴史を辿ることが、戦後の台湾文学史の内部における国家—出版社—読者の関係性を前景化し、それらがいかなる力学を生成してきたかという台湾の文学場の問題理解に繋がると考えたからである。[1]

まず第二節で二〇〇五年の文学キャンプ開催状況を基に、文学キャンプとは何かを紹介、分析し、第三節において文学キャンプの歴史を概観する。このように共時的、通時的に台湾の文学キャンプ史を辿ることを通して、戦後の台湾文学史、台湾文学場形成に、新たな視点から考察を加えることが本章の目的である。

先行研究に、文学キャンプ全体を論じた学術論文はないが、塩分地帯文芸営については、拙論「五十年間台湾文芸営歴史的初探――作為台湾文学場域構築的観察」を参照した康詠琪「塩分地帯文芸営研究（一九七九～二〇〇八）」（二〇一〇年国立成功大学修士論文）が提出された。また、『文訊』第四五期（一九九二年一〇月）は、「文芸営的理論与実現」として二五頁にわたる文学キャンプ特集を組んでいる。なお台湾語文学を対象にした文学キャンプについては、呂美親「文学営隊中的台語文学現象」[2]に整理されている。

文学キャンプの主催者は、救国団、基金会、新聞副刊（文芸欄）、書店、大学など様々であるが、陳平原は、台湾の新聞副刊について次のように述べている。

新聞副刊の重要性は発表作品ではなく、その組織力にある。文学・歴史学・哲学の副刊にかかわらず、それぞれが独自の組織力を持つ。比較すれば台湾の新聞副刊は大陸よりもよくできている。雑誌を入れても、大陸にはないものがいくつかある。一つは文学キャンプの組織であり、現在私が知っている限りでは、このように読者を育成し、作家を養成し、文学潮流を作る副刊のような仕事をしているものは大陸にはない。文学キャンプも、学術会議も基本的にはない。私は一〇回台湾を訪れ、『中国時報』の「人間副刊」が国際会議を組織する力を持っていることを知った。私たちの国のある新聞の副刊がこうした影響力を持つことが私には想像できない。それから文学賞である。文学賞、会議、文学キャンプ、この三つの形式は、新聞副刊がニュースのように広汎な人々に送り届けられることを利用して、一般に知られる効果を発揮することが可能であり、ひいては読者を育成し、作家を養成し、文学潮流を作る重要な役割を担うことができる。(3)(傍線は筆者)

このように陳は、副刊の組織力に着目し、中国の副刊には、文学キャンプ、文学賞、会議などを行い、文学潮流をリードするような組織力はないと言及した上で、台湾の新聞副刊が果たす社会的な文学の影響力について指摘している。

## 第二節　文学キャンプとは何か——台湾文学、三〇〇〇人の夏

### 一．文学キャンプの定義

『文訊』第四五期の文学キャンプ特集で、白霊は文学キャンプを次のように定義している。

狭義の「文学キャンプ」は文芸愛好家が集まって一緒に寝泊りし、授業することを指し、短いもので二日、長いものは四週間以上になることもある。広義の「文学キャンプ」には、寝泊りを含まず創作コース、創作研修コース、研修コース、創作研究コースなどいくつかの名の文芸研修方式があり、短いものは四、五日、長いものは二年に及ぶこともある。(4)

本書では、白霊の狭義の定義を参照し、文学キャンプを、「文学愛好者参加型の文学研修合宿」と定義付ける。なお文学キャンプの中国語名は、文芸営、[5]文学営、文学研習営などがあり、本書では、文学キャンプと日本語表記するが、固有名詞は中国語名をそのまま記す。

## 二、二〇〇五年の文学キャンプ状況

文学キャンプは夏休み（一部冬休み）に行われるのが一般的である。二〇〇五年には資料1のように、少なくとも二二の文学キャンプの開催を確認できた。[6]

簡単に整理すると、参加者数は三〇名から六〇〇名、一部の文学キャンプのみ参加制限があるが、基本的には文芸愛好者なら誰でも参加できる。期間は二日から五日まで様々だ。

二二の文学キャンプのうち全国規模と言われているのは、全国台湾文学営・全国巡廻文芸営・塩分地帯文芸営の三つであり、講師陣の豪華さも目を引く。全国台湾文学営は、国家台湾文学館主催、印刻文学生活雑誌出版運営によって二〇〇四年に創設された。二〇〇五年は小説・新詩・散文・原住民文学・報導文学・台湾語文学・客家語文学（定員割れ開催中止）の七コースを設け、台北・台南会場で計六〇〇人の参加者を集めた。全国巡廻文芸営は、聯合文学出版社・桃園県政府・遠東グループ主催により、小説・散文・新詩・映画・マスコミ・劇・アニメの七コースを開設している。

塩分地帯文芸営は、呉三連台湾史料基金会主催により、小説・詩・散文・国際交流の四コースを設置、一二〇名が参加した。このように複数コースを設け総合的に開催しているものもあるが、ほとんどは単科的（台湾語文学のみ、報導文学のみなど）文学キャンプである。

次に歴史の長さに注目すると、一九六六年創設の耕莘《こうしん》文教基金会主催のもの、続いて一九七九年に創設の塩分地帯文芸営、一九八五年に始まった全国巡廻文芸営などが比較的長い。

主催団体・運営団体は、数種類に区分可能である。まず基金会による主催は、南鯤鯓台語文学営（栄後文化基金会）・春季文芸営（耕莘文教基金会）・海翁台湾文学営（台湾海翁文教協会）・頼和高中生台湾文学営（頼和文教基金会）・呉濁流文芸営（新竹県文化基金会）・笠山文学営（鍾理和文教基金会）・塩分地帯文芸営（呉三連台湾史料基金会）・夏潮報導文芸営（夏潮聯合会）・後山文芸営（台東県後山文化工作協会）などで、いずれも始まったのは一九九五年以降である。(7) 大学主催のものがいくつかあるが、これは文学系に限ったものではなく、化学系は化学営、医学系は医学営などを開催している。地方自治体の主催は、金門文芸研習営・北台湾文学営・菊島文芸営などがある。出版社による主催・運営は、全国台湾文学営（印刻文学生活雑誌出版）・全国巡廻文芸営（聯合文学出版社）などがある。また文学雑誌との提携は、金門文芸研習営―『金門文芸』・海翁台湾文学営―『海翁台語文学』・全国台湾文学営―『印刻文学生活誌』・全国巡廻文芸営―『聯合文学』などである。ほとんどの文学キャンプが創作賞を設けており、文学雑誌提携の文学キャンプでは受賞作品を各雑誌に掲載することが多い。

また、主催団体、講師、講義内容、過去の開催経緯などを考慮し強いて政治的イデオロギーで区分すると、台湾本土派は、塩分地帯文芸営・南鯤鯓台語文学営・海翁台湾文学営・頼和高中生台湾文学営・呉濁流文芸営・笠山文学営・北台湾文学営などとなる（南鯤鯓台語文学営・海翁台湾文学営は台湾語文学のみ）(8)。中国統一派は、夏潮報導文芸営・金門文芸研習営・全国巡廻文芸営などである。なお、全国台湾文学営は、両陣営の作家が顔をそろえており、新しい台湾文学のあり方を標榜したかったのだろうと推測される。

筆者の調査の限りではどの文学キャンプも参加費だけでは採算が取れていない。国家単位が主催者として明示されているのは、全国台湾文学営（国家台湾文学館）のみである。だが筆者が確認したところ、少なくとも一二の文学キャ

| 講　師 |
| --- |
| 荘柏林、胡民祥、蔣為文、趙天福、黄勁連、林央敏、李勤岸、許長謨、楊青矗、陳明仁、向陽、葉笛、王宗傑ら |
| 廖鴻基、梅家玲、欧麗娟、何寄澎、王安祈、周美玲、方瑜、蔡瑜、辛意雲、徐富昌ら |
| 簡媜、白霊、羅位育、侯吉諒、高翊峰、石曉楓、徐国能ら |
| 陸達誠、黄英雄、許栄哲、李儀婷、張耀仁、白霊ら |
| 李瑞騰、康来新、焦桐、唐捐、張啟疆ら |
| 劉亮雅、須文蔚、石曉楓、林煥彰、林文義、方梓、南方朔、呉鈞堯、許栄哲、顔艾琳、游常山、林黛嫚、楊錦郁、晏山農、羊憶玫ら |
| 黄勁連、李勤岸、蔣為文、路寒袖、陳明仁、許長謨ら |
| 田国平、呉鳴、李欣頻、南方朔、郝誉翔、劉燈、劉克襄、鍾文音、羅智成ら |
| 荘金国、鄭清文、許悔之、杜文靖、宋田水、李欽賢、荘紫蓉、廖清秀ら |
| 陸達誠、白霊、銀色快手、林群盛、徐正雄ら |
| 舒国治、陳黎、愛亜、陳昌明、陳益源、許長謨、廖玉如、梁冰枏ら |
| 魏貽君、楊翠、汪明輝、サキヌ、王嵩山、シャマン・ラポガン、ワリス・ノカン、劉智濬、リカラッ・アウー、パナイ、浦忠勇、ホルスマン・ヴァヴァら |
| 黄春明、朱曉海、祝平次、李玉珍、王安祈、蔡明諺、張春華ら |
| 蘇偉貞、駱以軍、朱天心、張大春、陳雪、舞鶴、季季、宋沢莱、向陽、葉笛、張香華、簡媜、楊照、曾貴海、李勤岸、路寒袖、楊沢、羅智成、紀蔚然、馮翊綱、游勝冠、鄭邦鎮 、孫大川、シャマン・ラポガン、呉錦発、彭瑞金 、張国立、李喬ら |
| 洪敏聰、呂祝義、謝聰明ら |
| 李喬、劉玄詠、范文芳、方蘭生ら |
| 彭瑞金、シャマン・ラポガン、鍾怡彦、鍾鉄民、張良沢、呉錦発、宋廷棟、曾貴海ら |
| 平路、呉明益、呉鈞堯、李昂、林水福、林黛嫚、南方朔、郝誉翔、張惠菁、黄凡、愛亜、鍾文音、藤井樹、王浩威、南方朔、徐国能、舒国治、陳義芝、路寒袖、簡媜、藍博洲、白霊、向陽、呉晟、李敏勇、唐捐、陳大為ら |
| 許達然、陳芳明、羊子喬、鄭清文、向陽、陳艶秋、杜文靖、曾貴海、劉克襄、李勤岸、廖炳惠ら |
| 梁英華、呉音寧、鍾俊陞、張釗維、李文吉 、黄春明、関曉栄、王亜維、楊渡、張照堂、鍾喬、藍博洲ら |
| 凌拂、シャマン・ラポガン、師瓊瑜、余海礼、王家祥ら |
| 焦桐、郎亜玲、林文義、楊樹清、徐国能、成寒、康原ら |

## 資料1　2005年開催文学キャンプ一覧

| 文学キャンプ名 | 回 | 日　　程 | 費用（元） | 場　　所 | 参加者数 | 主　　催 |
|---|---|---|---|---|---|---|
| 南鯤鯓台語文学営 | 2 | 1.22～26 | 3,000 | 南鯤鯓廟 | 220 | 栄後文化基金会 |
| 台大中文全国高中生文芸営 | 10 | 2.2～6 | 3,900 | 救国団復興青年活動中心 | 100 | 国立台湾大学中文 |
| 野桜文芸営 | ? | 3.5～6 | 1,200 | 国立台湾師範大学 | 80 | 国立台湾師範大学青年写作協会 |
| 春季文芸営 | 1 | 4.30～5.1 | 500 | 聖佳蘭修院 | 32 | 耕莘文教基金会 |
| 中央文芸営 | 2 | 7.1～5 | 3,800 | 国立中央大学 | 100 | 国立中央大学中文 |
| 金門文芸研習営 | 1 | 7．1～3 | 0 | 金門文化局 | 99 | 金門県文化局 |
| 海翁台湾文学営 | 2 | 7.2～5 | 2,500 | 鹿耳門天後宮 | 150 | 台湾海翁文教協会 |
| 全国高中生文芸営 | 6 | 7.4～7 | 3,600 | 国立政治大学 | 100 | 国立政治大学中文 |
| 北台湾文学営 | 11 | 7.9～13 | 2,000 | 三芝郷 | 70 | 台北県文化局 |
| 淡水文芸体験営 | 15 | 7.11～12 | 500（非会員800） | 聖本篤修道院 | 30 | 聖本篤修道院、耕莘文教基金会 |
| 成大文芸営 | 4 | 7.11～15 | 3,300 | 国立成功大学中文系 | 100 | 国立成功大学中文 |
| 頼和高中生台湾文学営 | 6 | 7.11～15 | 2,500 | 嘉義茶山村（珈雅瑪） | 60 | 頼和文教基金会 |
| 清華中文営 | ? | 7.14～18 | 3,200 | 国立清華大学 | 60 | 国立清華大学中文 |
| 全国台湾文学営 | 2 | 7.21～23<br>7.30～8.1 | 2,200 | 国立成功大学／輔仁大学 | 500／300 | 国家台湾文学館／（運営）印刻文学生雑誌出版 |
| 菊島文芸営 | 1 | 7.29～31 | 100 | | 80 | 澎湖県文化局 |
| 呉濁流文芸営（児童営／文芸営） | 5 | 7.30～31 | 1,520 | 小叮噹科学遊楽区 | 70、80 | 新竹県文化基金会台湾省政府 |
| 笠山文学営 | 10 | 8.2～5 | 1,500 | 龍肚国小（高雄県美濃鎮） | 60 | 鍾理和文教基金会 |
| 全国巡廻文芸営 | 21 | 8.4～6 | 3,200 | 元智大学 | 600 | 聯合文学出版社／園県政府／遠東グープ |
| 塩分地帯文芸営 | 27 | 8.6～10 | 3,000 | 南鯤鯓廟 | 120 | 呉三連台湾史料基金会 |
| 夏潮報導文芸営 | 4 | 8.20～23 | 社会人4,500、学生3,000 | 富邦教育中心 | 80 | 夏潮聯合会、人間学社、台湾立報社 |
| 後山文芸営 | 7 | 8.22～25 | 社会人3,800、学生2,800 | 知本富野渡假村 | 延期 | 台東県後山文化工作協会 |
| 高中生暑期文芸研習営 | 11 | 8.27～29 | 1,500 | 明道中学 | 7 | 明道中学／明道管理学院／（運営）明道文 |

＊『文訊雑誌』『聯合文学』『聯合報』、各文学キャンプのハンドブック、インターネットなどを参照し

＊＊資料内の「？」は情報を確認できていないことを示す。

ンプが行政院文化建設委員会より補助を受けていた。大学・地方自治体主催以外で行政院文化建設委員会より援助を受けていないのは、夏潮報導文芸営だけであった。さらに二〇〇五年は、塩分地帯文芸営・呉濁流文芸営・笠山文学営・全国巡廻文芸営が専業補助として一般的な補助よりも多額の援助を行政院文化建設委員会より受けている。(9)この専業補助は政策補助とも呼ばれ、文学キャンプが国家の政策と密接な関係にあることを浮き彫りにしている。

以上が、二〇〇五年夏季の文学キャンプ開催状況である。このように概観しただけでも、文学キャンプの数の多さ、多様さ、また多額の国家援助を受けていることを確認できる。

## 三 文学キャンプ体験とアンケート調査

「二」では、二〇〇五年の文学キャンプ状況を活字情報に基づき分析した。次に、実際に文学キャンプとはどのようなものなのか、参加体験を基に分析したい。二〇〇五年、筆者は三つの文学キャンプに参加した。頼和高中生台湾文学営には訪問者として二日間滞在した。全国台湾文学営（以下、全国と略す）には小説組の学員として参加した。塩分地帯文芸営（以下、塩分と略す）にはボランティア及び講師として参加した。(10)

全国、塩分では資料2のようにアンケート調査を行った。全国の対象者は参加者三〇〇名中小説組受講者九〇名、有効回答四六。塩分は全参加者一二〇名、有効回答一〇二であった。

両文学キャンプとも活動の中心は作家（研究者）による文学講義であり、文学旅行などの課外活動を除いて一日中講義が続く。宿泊講師、主催者、参加者計一〇〇名以上が期間中寝食を共にする大変濃密な活動である。

では両文学キャンプを、アンケート調査に基づき具体的に見ていきたい。参加者の年齢層は、全国の参加者は中高生を中心に小学生から八〇代まで、塩分の参加者は中高生から八〇代までであった。

アンケートCの結果を見ると、初参加率は全国の方が高い。塩分の方には、リピーターである元日本兵のおじいさんも数名いた。また、呉三連台湾史料基金会主催のイベントにはほぼ全て参加しているという方もいた。

アンケートAによると、参加動機は共に「興味関心」が最も多く、「文学的教養」を求める参加者も多数である。「講師に会いたい」も両文学キャンプで上位となっている。全国台湾文学営で筆者と同室だった高校生の少女は、九把刀（インターネット作家）に会いたくて、誕生日のプレゼントとして両親より文学キャンプ参加をプレゼントしてもらったとのことだった。また、文学や作家への興味もさることながら、参加者同士の「友達作り」を求める参加者も存在する。文学キャンプでの出会いが恋愛に発展した例もあった。文学キャンプは、コミュニケーションツールとしても機能している。「仕事・単位の必要性」の選択も比較的多いのは、大多数の文学キャンプが、「研習点」と言われる小中高教師の実習活動として地方自治体により認定されているためである。また塩分の方が多いのは、塩分参加が、ある大学の単位として認定されていた関係だと思われる。「台湾文学への使命感」が、全国が一二位であるのに対し、塩分が五位であるのは、塩分が本土派を全面に掲げているためであろう。

アンケートBの結果を見ると、参加判断の優先条件は、一位「テーマ・講義内容」、二位「講師」は両文学キャンプとも同じであり、文学キャンプが参加者にまず文学活動として捉えられていることを示している。「政治思想」を選んだ人は、全国が〇人、塩分が一二人であった。塩分が多いのは、やはり本土派の文学キャンプということ、呉三連台湾史料基金会という本土派団体主催のためであろうか。とはいえ、塩分ですら一二人（約一〇パーセント未満）、全国は〇人、この低さは主催者側と参加者側との意識のずれを表しているといえよう。

アンケートE・Fで行った創作・投稿経験に関する質問に対して、創作・投稿経験者がほぼ半数を占めている点は注目に値する。参加者の半分近くはただの読者ではなく創作者でもあるのだ。作家になった動機として文学キャンプへの参加を挙げた数名の作家との出会いが、筆者にとって、文学キャンプに興味を持つきっかけであったため、文学

| 先生の紹介 | 仕事・単位の必要性 | 暇つぶし | 友人の誘い | 台湾文学への使命感 | 創作賞狙い | その他 |
|---|---|---|---|---|---|---|
| ④7 | ⑨6 | ⑩5 | ⑪4 | ⑫3 | ⑬2 | ④7 |
| ⑪10 | ②38 | ⑧12 | ⑥17 | ⑤22 | ⑬0 | ⑧12 |

| 政治思想 | その他 |
|---|---|
| ⑧0 | ⑤7 |
| ⑦12 | ⑧2 |

| 没稿を始めた | 作家になれると思った | 編集者と知り合った | その他 |
|---|---|---|---|
| ⑦3 | ⑧2 | ⑧2 | ⑩1 |
| ⑧3 | ⑦6 | ⑧3 | ⑧3 |

| 参加後、創作を始めた |
|---|
| ④1 |
| ④2 |

### 資料2　文学キャンプアンケート調査結果（2005年）

＊表内「全国台湾文学営」は「全国」、「塩分地帯文芸営」は「塩分」と略す

A　なぜ文学キャンプに参加したのですか。（複数回答可。数字は人数・○内数字は順位を表す

| | 興味関心 | 講師に会いたい | 文学的教養 | 友達作り | 他の参加者の思考への興味 | 進学 |
|---|---|---|---|---|---|---|
| 全国 | ① 30 | ② 28 | ③ 20 | ④ 7 | ④ 7 | ④ 7 |
| 塩分 | ① 42 | ③ 37 | ④ 33 | ⑦ 15 | ⑧ 12 | ⑫ 2 |

B　文学キャンプ参加に際し、最も重視した点は何ですか。（複数回答可）

| | テーマ・講義内容 | 講師 | 時間日期 | 費用 | 場所 | 主催団体 |
|---|---|---|---|---|---|---|
| 全国 | ① 38 | ② 26 | ③ 16 | ④ 8 | ⑤ 7 | ⑦ 1 |
| 塩分 | ① 79 | ② 46 | ③ 31 | ⑤ 14 | ④ 26 | ⑥ 13 |

C　他の文学キャンプに参加したことがありますか。

| | ある | ない |
|---|---|---|
| 全国 | 14 | 32 |
| 塩分 | 41 | 48 |

D　文学キャンプへの参加の結果どのような影響がありましたか。（複数回答可）

| | 文学への理解が深まった | 講師の作家の本を読み始めた | 文学友達ができた | 講師に親近感を感じた | 講師の本を買った | 創作を始めた |
|---|---|---|---|---|---|---|
| 全国 | ① 35 | ② 20 | ③ 17 | ④ 13 | ④ 13 | ⑥ 5 |
| 塩分 | ① 70 | ② 42 | ④ 26 | ③ 29 | ④ 26 | ⑥ 13 |

E　創作経験がありますか（全国台湾文学営では、Eの設問を行っていない）

| | ある | ない |
|---|---|---|
| 塩分 | 41 | 49 |

F　文学キャンプ（今回及びこれまで）の参加はあなたの創作に影響を与えましたか？

| | 文学創作の助けとなった | 影響はない | 参加後、創作をしたくなった |
|---|---|---|---|
| 全国 | ① 22 | ② 14 | ③ 8 |
| 塩分 | ① 45 | ③ 18 | ② 20 |

H　文学キャンプ（今回及びこれまで）の参加はあなたの投稿に影響を与えましたか？

| | 影響ない | 投稿したくなった | 創作経験はもともとなかったが、参加後、投稿した |
|---|---|---|---|
| 全国 | ① 25 | ② 8 | ③ 5 |
| 塩分 | ② 56 | ② 20 | ③ 14 |

キャンプに作家養成機能があることを期待していた。確かに七〇年代までの文学キャンプでは、創作時間、及び作家による創作指導時間が多く設けられていたようである。だが二〇〇五年の文学キャンプにもはやそのような時間はなく、作家養成機能は期待できないようだ。

とはいうものの、参加者は持参した作品を文学キャンプ開幕時に投稿することができ、作家たちの審査により、閉会式において優秀作品が表彰される。憧れの作家からの直接の激励が、作家デビューのきっかけとして機能していないとはいえない。特に、全国台湾文学営の優秀作品は、単行本『全国台湾文学営創作奨得奨作品集』（印刻文学生活雑誌出版）に所収され、出版が約束されている。

以上、文学キャンプとは何か、二〇〇五年の文学キャンプ開催状況を紹介しながら、いくつかの側面から分析してきた。次節では文学キャンプの歴史について概観する。

## 第三節　文学キャンプの歴史──文学場の力学

### 一．台湾以外の中国語圏の文学キャンプ

台湾以外の中国語圏の文学キャンプ開催状況について若干整理しておく。前述の通り、陳平原は台湾の副刊について書いた論稿（本書三六頁参照）で、文学キャンプは中国にないと書いている。筆者がインターネットで検索したところ、全くないわけではなく、三種類の文学キャンプの存在を確認した。一つは台湾と共同開催である上海復興営（復

旦大学・中興大学共催、二〇〇三年～)、二つ目は香港の基金会主催である韶関市中学生校園文学夏令営(霍英東基金会、香港銘源基金会共催、一九九六年～)[11]、三つ目は文学雑誌社主催の全国草原文学夏令営(文苑雑誌社・北方家庭報社・中外童話画刊雑誌社共催[12]、一九九五年～)である。なお全国草原文学夏令営では、青年文学愛好者が内蒙古に旅行するのみで直接的な文学活動は行われていない。他の二つも参加者は学生などに制限されている。いずれにしても中国ではそれほど盛んな活動であるとは考えられない。

他の中国語圏については、例えばシンガポールでは国際華文文芸営(一九八三年創設[13]、一九九一年第五回まで確認)が、マレーシアでは詩巫文学営(一九八八年創設、砂華作家協会主催[14])、全国学生文学営(新紀元学院主催[15])が、また歴史ある砂拉越星座詩社も文学キャンプを行っている[16]。また、アジア数カ国により持ち回りで亜細亜安華文文芸営(二年後毎に開催、一九九四年第四回フィリピン[17]、第五・九回シンガポール[18]、その他タイ・マレーシアで開催)が開催されている。

第二節で詳説する救国団の活動は台湾以外の中国語圏も射程範囲であり、下部組織である作協の成立動機に「我々は海外の華僑青年文芸工作者が、我々と共に立ち上がり、一心同体となって、反共抗ソのために創作し、復国建国のために練磨することを要求し希望する[19]」とあるように、台湾以外の華僑青年も対象とすることが明示されている。また、救国団としてフィリピンに赴き、一箇月滞在して文学キャンプを催したという司馬中原の証言から[20]、中国語圏の文学キャンプは救国団活動の影響を受けていると考えられる。一九八〇年代以降、台湾で目覚ましい発展を遂げた馬華(マレーシア華語系華人)文学への道筋はこうして作られたのではないだろうか。

## 二．台湾の文学キャンプの歴史

主な文学キャンプを、成立順に紹介しながら、文学キャンプの歴史を辿りたい。

（一）救国団の文学キャンプ――反共エリート作家の育成

一九五二年一〇月三一日（蔣介石誕生日）、中国青年反共救国団（初代団主任は蔣経国）が、「教育性、群衆性、戦闘性」[21]を備えた青年教育組織として創設された。翌五三年、救国団は、青年たちを対象としたサマーキャンプである夏季青年戦闘訓練を開始する。五三年の夏季青年戦闘訓練は、玉山登峰大隊・軍中服務大隊など八隊に分けられて活動が行われ、申込者二万五三三九人に対し、八三五三人が参加している。この夏季青年戦闘訓練に、二年後の五五年、戦闘文芸大隊が新たに加わる。文学キャンプ（文芸営）という語が用いられたのは六五年からであるが、実質的には五五年の戦闘文芸大隊による活動が台湾で行われた最初の文学キャンプである。[22]実際に運営に携わったのは、五三年八月二日に、救国団総団部管理下で、「文芸は無意識のうちに人々を感化する力と偉大な宣伝能力を備えている」[23]との理由から設立された中国青年写作協会（以下、作協と略す）である。[24]戦闘文芸大隊による文学キャンプは、その作協が救国団の委託を受ける形で実施された。[25]

戦闘文芸大隊と称される文学キャンプが初めて開催された一九五五年は、戦闘技能類・戦時服務類・国防体育類の三類が組織されて様々なキャンプが行われたが、戦闘文芸大隊は戦闘技能類に属した。戦闘文芸大隊が所属する戦闘技能類では、金門戦闘営一八八人・澎湖戦闘営一九二人・滑空大隊一〇二人・落下傘大隊一七六人・電信大隊二一三人・救護大隊一六五人・操縦大隊二八三人・騎士大隊九五人・軍楽大隊三一一人・戦闘文芸大隊一九三人の一〇のキャンプが行われた。[26]

活動時間は四週間に及び、文芸活動の内容は講義と座談であった。[27]戦闘文芸大隊は、翌五六年には文芸隊に名称を改められた。この年の参加者は一〇〇名（申込者は三〇〇〇人以上）[28]であり、台北工専校内で開催された。補導委員会の指導により、作協常任理事包遵彭が主任委員、李辰冬・謝冰瑩らが講師として参加している。文学・美術・音楽・戯劇などの講義が行われたが、各組別の活動は少なく、ほぼ合同受講であった。[29]成立当初は各大学による推薦者のみが参加できたが、[30]一九六一年以降は自由参加できるようになった。[31]

例えば一九六四年の文学講義は、「国際情勢」「共匪暴政及びその陰謀策略」「台湾と大陸光復の強化」「文芸と教育」「今日の美学」「文芸と哲学」「国際情勢と我々が持つべき認識」などである。数少ない文学講義は、講義名から推察する限りでは、国家の反共政策に則ったものが準備されていたことがうかがい知れる。

一九六五年には戦闘文芸営と改名された。八月に二週間行われたこの戦闘文芸営では文学隊・音楽隊・美術隊の三隊に分けられ、従来の講義・座談に、グループ活動が加わり、さらに文学隊は、詩・小説・散文の三組に分けられた。趙滋蕃を駐隊指導委員とし、謝冰瑩・張秀亜・王藍・彭歌・魏希文・墨人・陳紀瀅・趙友培・楚軍・王鼎鈞・紀弦・朱西寧ら軍中作家を始め錚々たる講師陣が指導に当たっている。

一九六六年、台北師専で行われた文学キャンプは、文学・音楽・美術・戯劇・舞踏の五隊、参加者は二二〇名と最大規模であった。[32]

同年、キリスト教系基金会の耕莘文教基金会を母体とする耕莘青年写作会による耕莘文芸営が始まった。[33]一九六七年には救国団の文学キャンプの講師を務めた聶華苓夫妻によるアイオワ大学のＩＷＰが創設され、[34]同年、蔣介石は中国共産党のプロレタリア文化大革命に対抗し、中華民国の文化の正当性を掲げ中華文化復興運動を推進した。そして、戦闘文芸営はこの中華文化復興運動の影響を受け、六八年に「復興文芸営」と改名された。

一九七二年に行われた復興文芸営代表会議の決定により、七三年は抗日シンボルの地でもある霧社で行われた。活動期間を一〇日に短縮、活動内容も大幅に変更している。講義内容は、「小説概論」「戯劇概論」「詩概論」「散文概論」「専題講演」に削減され、その他は各専門に分かれ、座談、「世界文学名著鑑賞」が行われた。また朱西寧・余光中・蕭白・金開鑫《かいちゅう》らが指導教官となり学員の創作指導を行った。このような師弟制は、以後の文学キャンプに大きな影響を与えた。[35]

一九七五年より大学生・専科学校生対象の文学キャンプに加え、文芸教育への期待から中小学教師復興文芸営が始まる。講義内容は「小説概論」「音楽概論」「戯劇概論」「散文概論」「早期の新詩」「児童文学創作」「創作と投稿」「文学鑑賞と批評」であり、また各組別に討論が行われ、創作や参観訪問の時間などもあった。ちなみに七五年の文学キャンプの運営費は一一万八七八八元、参加費は四〇元（大学生・専科学校生、教師各一五〇名参加）、それだけではとても賄えず、教育部が五万八七八〇元を負担している。(36)

その後一九七二年、救国団と作協は工場青年を対象とした工場青年文芸営を開催する。工場青年文芸営は労働青年のために、土日を含み開催され一五〇名が参加した。

このように救国団主催の文学キャンプは、一九五五年に戦闘技能類戦闘文芸大隊、五六年に戦闘訓練類駿馬大隊文芸隊、五八年に学術研究類戦闘芸研習隊、六〇年に戦闘訓練文芸隊、六五年に戦闘文学営、六八年から九三年まで復興文芸営と名称を少しずつ変えながらも、あくまで反共、中華復興など国家政策の一環として、それらのイデオロギーに合致した青年教育を目的に開催され続けたと考えられる。『青年筆陣――青年的文芸活動』は、五三年から八〇年の間、救国団青年活動の創作活動に一二万七六九九人が参加し、(37)林懐民・季季・洪醒夫・沈謙・周玉山・蔣暁雲・蔣家語・黄樹根・詹澈・李利国・林興華・陳芳明・羅智成・陳義芝・苦苓・蕭蕭・白霊を輩出したと記している。(38)

なお一九九四年以降、李登輝の台湾化政策により、救国団の役割は重視されなくなり、文学キャンプは継続されたものの、著しく縮小していく。例えば復興の名は消え、高中職学生文芸営、高中生文芸研習営、大専青年文芸営と名称を変えた。一九九八年冬の大専青年文芸営には、定員一〇〇名に対して七三名しか参加しておらず、さらに同年夏の南部地区高中職学生文芸創作研習営では、「台湾漢語浅探」「台湾的郷土文学」という二つの台湾を冠にした講義が組まれたものの、定員一二〇名に対して参加者はわずか三四名であった。(39)九九年以降も参加者が定員に達することはなく、二〇〇一年以降は讓生命去旅行―E世代巡廻文芸営と改称され、大幅な講義内容の変更を経て現在に至っている。

## （二）耕莘文教院の文学キャンプ——カトリック宗教団体という聖域

耕莘《こうしん》文教院は一九六三年、田耕莘[40]が創設したカトリック系の文化団体である。六六年には張志宏神父（米国籍）が耕莘青年写作会を設立し、創作研修会を始めた[41]。七七年以降、名称を文芸営と改め、一泊二日に延長して開催された。耕莘文教院が他の文学キャンプ主催機関と異なる点は、創設に際し、台湾の作家・文学者が関与していない、政治的イデオロギーを鮮明にしていない、年間を通じて作家養成活動に従事する、文学キャンプ・創作研修会・出版活動など幅広い文芸活動を行っていることが挙げられる。また耕莘文教院に在籍した多くの神父たちは、台湾大学・輔仁大学・台湾師範大学などで教鞭をとっており、彼らが持ち込んだ、当時発禁であった書物を所蔵した図書室も開放されていたことも挙げられる[42]。約四〇年間にわたる参加者は約六〇〇〇人、そのうち二〇〇人が雑誌・新聞などに作品を発表している。七五年以降は会員制となった。白霊・邱妙津・許栄哲・夏婉雲らも会員である[43]。

## （三）塩分地帯文芸営——台湾本土文学の起源

郷土文学論争が終わりを迎える一九七九年、黄勁連、羊子喬により、塩分地帯文芸営が創設された。これは、一九七二年設立の「主流」詩社（資金難により現在は活動停止）、一九七五年開催の南瀛《なんえい》文学研習営（黄勁連・高議仁・高秀華が主催）の流れを汲んでいる[44]。当時は台湾本土文学の教育機関が存在しなかったため、台湾本土文学教育の場の必要性を主張し、郷土文学を鼓舞すると共に、日本植民地期の塩分地帯文学集団の精神を受け継ぎ、塩分地帯文学の復興を掲げ、台南県北門郷南鯤鯓廟で開かれたものである。反国民党、反救国団イデオロギーによる文学活動ではあるが、文学キャンプという名称、活動形態は救国団の文学キャンプをそのまま採用している。

第一回塩分地帯文芸営は、呉三連（一八九九～一九八八年。元台北市長、『自立晩報』発行者）を責任者として行われた。国家文芸基金会より一万元の補助を受けたものの[45]、それ以外まとまった資金援助を得られなかったので一人二五〇元の参加費収入以外は、塩分地帯の作家などが『自立晩報』に四五日間「塩分地帯文学展」を連載し、その原稿料で賄われた。参加者は作家だけでも一〇〇名を超し、王拓・楊青矗《せいちく》ら後の美麗島事件（一九七九年世界人権デーに高雄で起こった雑誌『美麗島』主催デモに対する弾圧事件）逮捕者もいたためか、二台の警護車、四十数名の警察官の監視の下、一五〇名の参加者中一〇名は私服警官という緊張状態の中で開催されたとのことである。[46] 一九八三年より本省人文学者奨励を目的とした「台湾新文学特別推崇奨（賞）」を創設する。初代受賞者は王詩琅と郭水潭である。

台湾発の台湾本土文学の文学キャンプ創設のニュースは、在米台湾文学者たちにも届けられ、歓声をもって迎えられた。[47] 一九八二年、『自立晩報』社長呉豊山が訪米時に塩分地帯文芸営への評判の高さを聞きつけ、翌八三年より『自立晩報』が経費面の責任を持ち主催することを約束する。[48] これは在米台湾文学者の塩分地帯への期待と彼らの影響の大きさがうかがえるエピソードだ。また「台湾文学研究会」[49] 会員のうち数名は、八七年、日本での「台湾文学研究会」参加後、台湾に立ち寄り塩分地帯文芸営にも参加した。[50]

その後一九九四年に自立晩報社が倒産し、呉三連台湾史料基金会が主催となったため資金面での問題は解決したが、文学に精通した運営機関、新聞メディアを失うことになった。二〇〇二年には陳水扁総統が挨拶に訪れている。なお塩分地帯文芸営は、陳艶秋・楊翠・魏貽君らの作家を生み出した。[51]

以下は第二回目（一九八〇年）の講師及び講義内容である。

葉石濤「光復前の台湾郷土文学」、鍾肇政「光復後の台湾郷土文学」、黄得時・龍瑛宗「長老作家座談会」（パネリストは劉捷・王昶雄・楊逵・林快青・巫永福・林清文ら）、彭瑞金「若手世代小説家座談会」（パネリストは宋沢莱・呉錦発・李昂・許振江・林佩芬・鍾延豪・陳艶秋・蕭郎ら）、杜文靖「詩詞の夜」、洛夫「詩の言語とイメージ」、張默「現代詩的回顧と展望」、桓夫「台湾現代詩の変遷」、黄勁連「座談会」（パネリストは高隼・郭楓・陳秀喜・何瑞雄・

林宗源・岩上・趙天儀・鄭烱明・謝武彰・林仙龍・陳寧貴・杜皓暉ら）、郭楓「新文学の再革命」、趙天儀・林煥彰・林鍾隆「児童詩座談会」（パネリストは林武憲・陳癸・林錫嘉ら）、朱西寧「小説感性の検討」。

黄得時・龍瑛宗・王昶雄・楊逵ら植民地時代日本語創作作家たち、鍾肇政・林宗源ら日本植民地期に生まれた作家たち、李昂・宋沢莱・呉錦発ら戦後生まれの「国語」作家たちなど本省人作家に加え、洛夫・張黙・朱西寧ら外省人作家たちも参加している。[52]日本語・台湾語・北京語の三種類の創作言語を持った、三世代の、本省人・外省人作家が一堂に会しており、多彩な顔ぶれは、八〇年代初期の台湾の文学場の一端を映し出しているといえよう。

彼らと関係の深い文学雑誌に着目しさらに分析してみると、『台湾文芸』の葉石濤・鍾肇政・黄得時・龍瑛宗・劉捷・楊逵・巫永福・彭瑞金・宋沢莱、呉錦発・趙天儀、『笠』の桓夫・陳秀喜・何瑞雄・林宗源・鄭烱明・林煥彰、さらには『現代文学』の李昂、呉錦発、『創世紀』の洛夫・張黙らの多様な雑誌の執筆者が集まっていることがわかる（一九八〇年は参加していないが、七九、八一、八二、八三、八五、八七年には瘂弦が参加している）。

二〇〇五年の塩分地帯文芸営において、講師（四一頁の資料1参照）のほとんどが本土化を志す本省人作家であることから考えると、八〇年当時はまだ本土派という明確な政治志向がなかったとはいえ、異なる出自、異なる志の作家たちが一堂に会し、後に明確に本土化を志す文学活動を行っていたことは注目に値する。

こうした状況は、国民党の統制の緩和を表していると共に、当時の文学界を垣間見ることができる。一九八〇年代の初めの台湾文学界において、『台湾文芸』『笠』といった同人誌的雑誌のみに書き綴っていた本省人作家たちがようやく表舞台に出る力を持ち始めたこと、また、当時の台湾の文学場が郷土文学論争などによる過熱状態を経て台湾の文学というものへの共有意識が形成されるようになり、本省人作家対外省人作家という単純な二項対立の関係にはなかったことをうかがわせる。同時に、このような状態にある彼らを受け容れるに十分な文学メディアが存在していなかったことも推察される。こうした状況を受けて、四年後、瘂弦が創刊した『聯合文学』は、若い本省人作家を含む多くの作家・読者を魅了していったのであろう。その後は塩分地帯文芸営の外省籍講師は減少していき、一九九〇年以降の参加は確認できていない。

### （四）全国巡廻文芸営——メディア、資本の覇権へ

もう一つの全国規模の文学キャンプである全省巡廻文芸営は、『聯合文学』創刊の翌年一九八五年に、聯合報社・台湾省新聞処・聯合文学出版社主催により創設された。八五年には白先勇、八七、八八年には王徳威ら在米文学者も講師として参加した。(53) 台湾省新聞処も主催団体であったため、小説・詩・散文各コースに加え、新聞コースが設置された。九三年には新たに映画コースが、二〇〇五年にはアニメコースも開設された。最も盛んであった第五回（一九九〇年）には、台北と台中での二回の開催で合計一二三四名の参加者を集めたという。(54) 救国団文芸営の運営に深く携わっていた司馬中原・瘂弦・鄭明娳といった講師陣、連戦・宋楚瑜（講演者として）から、李昂・呉錦発ら『聯合文学』に執筆している本省籍の若手作家まで幅広い講師陣をそろえた。

全省巡廻文芸営は、台湾省新聞処が資金提供、聯合報社が新聞メディア対策、聯合文学出版社が運営、というように大変恵まれた環境を有しているといえる。救国団による単独開催から反国民党イデオロギーを掲げた塩分地帯文芸営創設を経て現れた全省巡廻文芸営の成功は、体制イデオロギーの担い手を中軸とする権力からメディアと資本を中軸とする権力への転換という台湾社会の変革が、文学キャンプにおいても起こったことを物語っている。政治的な目的による文学重視の時代が終わり、メディアと資本が力を持つ時代となっても、文学、文学キャンプは社会変動に対応しながら生き残ったのである。

全省巡廻文芸営は、その後、第三回（一九八七年）には台湾省巡廻文芸営に、第一五回（一九九九年）には全国巡廻

文芸営へと二度の改名をしながら二〇〇五年で二一年目を迎え、現在も続いている。一九九四年より二〇〇一年まで『聯合文学』の総編集長として企画運営に携わった初安民によれば駱以軍・成英姝らを輩出したとのことだ。

## （五）基金会による文学キャンプ　その一――台湾本土化文化政策と地方文学

一九九四年以降、李登輝により、政府主導で台湾化文化政策が進み、文学キャンプを取り巻く状況も変わっていく。九四年には、栄後文化基金会が南鯤鯓台語文学営を創設、九五年には本土派文学キャンプである塩分地帯文芸営を北部にもという着想の下、台北県文化局主催により北台湾文学営が創設された。九六年には鍾理和文教基金会が笠山文学営を、九九年には頼和文教基金会が頼和高中生台湾文学営を、台東県後山文化工作協会が後山文芸営を、二〇〇一年には新竹県文化基金会が呉濁流文芸営をそれぞれ創設した。基金会及び地方自治体主催であるこれらの文学キャンプは、台湾地方文学の繁栄及び台湾本土文学の発展を目標に掲げている。このような開催状況からは国家の文化政策資金の流れも推察できる。

## （六）大学による文学キャンプ――大学の自治意識の高まり

一九九五年、国立台湾大学中文系により全国高中生文芸営が始まる。参加者は高校生に限定され、大学側としては宣伝効果があり、参加する高校生にとっては創作賞などを受賞すると「保送」という大学入試推薦制度を利用できる特典がある。他にも二〇〇〇年より国立政治大学中文系が全国高中生文芸営、二〇〇二年より国立成功大学中文系が成大文芸営、二〇〇四年より真理大学台文系が台湾語文研習営、国立中央大学中文系が中央文芸営、国立中山大学が大学生古典詩創作営を始めている。また台北市立建国高級中学では一九九八年より建中紅楼文芸営が行われている。

大学による開催は、宣伝効果への期待に加え、大学を拠点としていた救国団の活動の減退に代わるものとも考えられ、大学自らが自治意識を高め始めたことを表している。

### （七）基金会による文学キャンプ　その二――社会主義を掲げた文学キャンプ

民進党政権成立後、二〇〇二年には夏潮聯合会主催により、陳映真が招集者である夏潮報導文芸営、二〇〇三年には辜金良文化基金会主催による辜金良文化基金会文芸営など社会主義思想を掲げた中国統一派イデオロギーの文学キャンプも創設された。

### （八）全国台湾文学営――二一世紀の台湾文学キャンプ

二〇〇四年七月四日の『聯合報』読書欄は次のように報じている。

> 第一回「全国台湾文学営」の開催日は、元来本土化を提唱している塩分地帯文芸営と日程がかち合った。土着性の高い塩分地帯文芸営は二五年の歴史を有し、小説・散文・詩の三組に分かれている。
>
> （『聯合報』二〇〇四年七月四日、読書欄）

記事の通り、二〇〇四年八月、塩分地帯文芸営と同日に、二〇〇三年創設の国家台湾文学館主催、二〇〇三年創設の『印刻文学生活誌』を発行する印刻文学生活雑誌出版運営の第一回全国台湾文学営が行われた。(55) 両主催者に筆者が確認したところ、(56) 偶然同一日になったとのことである。しかし二五年間の歴史を有する塩分地帯文芸営は、参加者が三分の二に減少するというこれまでに経験したことのない打撃を被った。この結果からは、台湾本土派による文学キャンプの増加、各大学による台湾文学研究所の新設、(57) 書店・出版社・基金会による台湾文学講座の開講など、台湾文学教育機関の増設により、台湾本土派というだけではもはや吸引力を持ち得なくなったことがうかがえる。また、塩分地帯文芸営が創生期に掲げた目標が既に果たされたという解釈を引き出せるのかもしれない。

しかしながら文学キャンプそのものは衰えることはなかった。全国台湾文学営は、小学生から八〇歳まで、四〇〇人以上という多数の参加者が押し寄せる異常事態となった。これは国家台湾文学館という政府直属機関の主催によって潤沢な経費があてがわれ、参加費三〇〇〇元が相場であった従来の文学キャンプに対し、一四〇〇元という廉価な参加費を実現させたことによると考えられる。さらに、これまで最も参加者数の多かった「全国巡迴文芸営」と同様に、「全国台湾文学営」も中国時報という新聞メディア、舒読網というインターネットメディア、印刻文学生活雑誌出版という文学出版社を運営機関に加え、国立成功大学台湾文学研究所との共催により交通至便な場所とボランティア学生を獲得でき(58)、そして何より台湾文学を国家文学とした国家台湾文学館という権威ある政府機関が主導するという目新しさが、この文学キャンプに魅力を与えたと考えられる。

以下は第一回目の講師陣である。

小説組　蘇偉貞、朱天心、宋沢莱、呉達芸、唐諾、陳昌明、舞鶴、履強。
散文組　楊照、林文義、陳列、陳芳明、陳万益、舒国治、熊秉元、藍博洲。
新詩組　楊沢、李敏勇、葉笛、商禽、渡也、羅智成、劉克襄、陳克華。
戯劇組　紀蔚然、王安祈、江武昌、林茂賢、邱婷、辜懐群、馮翊綱、魏瑛娟。
台語文学組　鄭邦鎮、林沈默、林宗源、向陽、路寒袖、呂興昌、楊翠、游勝冠。
原住民文学組　孫大川、ワリス・ノカン、呉錦発、リカラッ・アウー、林志興、シャマン・ラポガン、鄧相揚、ホルスマン・ヴァヴァ。

（二〇〇五年には、客家語文学組・報導文学組が増設された。）

全国台湾文学営の講師陣の顔ぶれは、かつて全国巡廻文芸営でも運営責任者を務めた初安民の運営によるため、小説コース・散文コース・新詩コース・戯劇コースの四つは全国巡廻文芸営とほぼ同じである。台湾語・原住民・客家語文学コースは国家台湾文学館の要請により設置された。(59)これまで、ほとんどの文学キャンプは、海翁台湾文学営が台湾語文学をテーマとし、笠山文学営が客家語文学をテーマとしてきたように、一つの領域のみを扱う単科的文学キャンプとして開催されてきたが、全国台湾文学営ではそれらの文学領域全てが各コースとして取り入れられ、単科的文学キャンプに動揺を与えた。

台湾で文学キャンプが始まってから五〇年目の二〇〇四年に創設された全国台湾文学営は、講義内容と講師陣の顔ぶれを見る限りでは、「国語」・台湾語・客家語といった創作言語の問題、本省人・外省人・原住民といった省籍或いはエスニシティの問題、独立派・統一派など政治的イデオロギーの問題など、あらゆる問題を視野に入れて開かれたようである。この全国台湾文学営の出現は、他の文学キャンプに相当な影響を与えたようだ。

言語・省籍・エスニシティ・政治的イデオロギー問題などあらゆる問題を視野に入れようとした全国台湾文学営の登場後、各文学キャンプは以前にも増して参加者集めに苦戦するようになり、もはや主題や講師など文学キャンプ自体のみの魅力では参加者を集めることができず、顧客獲得目的の書店が加わり、VIPカードを特典としたり、(60)割引制度を設けたりする文学キャンプも現れるなど、熾烈な商業的闘いが始まった。(61)

二〇〇五年には、参加費わずか一〇〇元で菊島文芸営が澎湖島で、無料で金門文芸研習営が開かれるなど、離島文学推進のための地方文化局主催による文学キャンプも始まった。それとは反対に川端康成文学行旅主題営という参加費四万四九〇〇元の豪華な文学キャンプも始まるなど、内容のみならず様々な形で、文学キャンプの個性化、差別化が進み出す。

## 第四節　おわりに

一九五五年、救国団は、反共のための戦闘状態を維持する政策の一環として、エリート青年を対象とした文学キャンプを創設する。その後、反共、即ち大陸反攻（領土奪還）から台湾の中国化へと国策を変更した後も救国団は復興文芸営として文学キャンプを開催し続ける。七七年には政治的影響力を持たないカトリック団体である耕莘文教院が文学活動の部分のみを受容し文学キャンプを開催した。さらに民主化運動の高まる七九年、塩分地帯文芸営という反体制的な文学キャンプが開催された。国民党の政治的覇権が揺らぎ始めた八五年、当時「最大の『世論操作トラスト』」[62]とも言われ始めた聯経グループの『聯合報』『聯合文学』が、文化市場における覇権を保持するため全省巡廻文芸営を開催する。九〇年代、李登輝の台湾化政策により、地方から台湾文化の自立を進めるべく各地に基金会が設立された。その基金会、地方文化局によって台湾文学を掲げた文学キャンプが多数生み出された。二〇〇〇年の陳水扁の総統就任に伴い、「台湾意識」が政治的にも主導権を握り、全国規模で台湾文化優先政策が進められていく。全国台湾文学営という文学キャンプの開催はまさにその象徴だと言える。

文学キャンプは、直接的には作家養成能力もなければ、経済的利益も期待できない文学活動である。だが五〇年以上も続いてきた。驚くべきは、救国団が始めたこの文学キャンプが、戒厳令解除後も、なくなるどころか、台湾における文学活動のスタンダードとなり、インターネット文学が盛んな今日においても、当然のように開催され続けていることである。

五〇年の文学キャンプ史を国策との関係から整理すると、一九五五年に救国団が反共政策の一環として始めた戦闘文芸営は、国民党が共産党への反抗を諦め、台湾の中国化へと国策を変更した後も復興文芸営として開催され続け、四半世紀後の一九七九年、反国民党の台湾本土文学を導くことになる塩分地帯文芸営創設を誘発し、さらに四半世紀後の二〇〇四年には、台湾文学を国家文学とする全国台湾文学営を生むに至ったと概観することができる。

つまり、文学キャンプは、反共のための青年教育という政治的な活動から、それぞれの「台湾」文学を標榜するための活動へとその質を変えながらも、運営費を国家資金に頼りながら、連綿と続いてきたのだ。それは、文学が、政治を変えるものであるとの幻想が保持され、文学キャンプが、そのための教育の場として機能してきたからであり、故に政治と文学は緊密な関係にならざるを得なかったのである。

一方、アンケート調査の結果より、参加者にとって文学キャンプ参加が政治的な目的から選択したものではなく、作家に会いたい思いや友達作りを意図したものであることもうかがえた。台湾における一つの文学活動として、コミュニケーションツールとしての文学キャンプそのものの機能、役割、影響も看過できない。

テクストを介し、作家と間接的な関係にある読者とが親密に直接会するこの活動が、様々な形で、台湾の文学場形成に影響を及ぼさぬはずはない。台湾における作家―読者の関係は、テクストを介した間接的関係によってのみではなく、作家―読者の顔のみえる直接的な関係によっても成り立っている。

作家と読者の垣根が低く、読者イコール創作者であることも多い台湾の文学のあり方は、日本において、多くの読者が創作者でもある俳句や短歌の世界のあり方に類似しているとも理解できる。

五〇年以上に及ぶ文学キャンプの歴史は、政治的覇権から文化的覇権へのドラスティックな転換を前景化する歩みであった。文学キャンプは、創作者と読者、創作と批評間におけるインタラクティブな広がりをいっそう広げる台湾の文学場の縮図なのである。

# 文学キャンプ体験記

## 全国台湾文学営　文学キャンプ体験記1

研修費用　二二〇〇元（食費・宿泊費・研修費・保険・研修旅行費を含む）
日程・会場
第一回　二〇〇五年七月二一日～二三日　台南・国立成功大学
第二回　同年七月三〇日～八月一日　台北・輔仁大学
※筆者は、第一回（台南）のみ参加
主催　国家台湾文学館
共催　国立成功大学中文系・輔仁大学中文系・『中国時報』「人間副刊」
運営　印刻文学生活雑誌出版
網路共催　舒読網
宿泊講師
小説組　蘇偉貞、駱以軍
散文組　簡媜、楊照
新詩組　楊沢、羅智成
戯劇組　紀蔚然、馮翊綱
客語文学組　彭瑞金
報導文学組　張国立
台語文学組　游勝冠、鄭邦鎮
原住民文学組　孫大川、夏曼、シャマン・ラポガン

### 一日目

事前に郵送で受け取ったハンドブックの持参物に従い、お布団持参で参加。受付で、水と珈琲と最新号の雑誌『印刻文学生活誌』をもらう。その後、各組ミーティング（小説組・散文組・新詩組・戯劇組・台語文学組・原住民文学組・客家文学組〔開講されず〕）。私は小説組。小説組の宿泊講師は蘇偉貞。『印刻文学生活誌』総編集長の初安民曰く、宿泊講師は三日間何度も顔を合わせるから、仲がよい作家同士にして

いるそうだ。

全国台湾文学営第一回キャンプには小学生から七〇代まで三〇〇人が参加、小説組は一番人気の約一〇〇名。見た感じ、高校生が最も多く、次が大学生、中高の国語教師と言ったところだろうか。まず一人ずつ自己紹介。文学に興味のある友人を探しに来たことを参加理由とした人が一番多かった。

正午　ランチ。成功大学の学食でバイキング。

午後一時　始業式。各組の導師、並びに林瑞明館長のご挨拶。

一時間目　頼香吟（一九六九年～）。代表作『島』『史前生活』『翻訳者』。

頼香吟は東京大学で修士号を取得している女性作家。国立台湾大学経済学部一年生であった一九八七年、全省巡廻文芸営に参加、投稿した「蛙」が短編小説一位を獲得し、『聯合文学』『聯合報』に掲載され、作家デビュー。二〇〇五年当時は国家台湾文学館勤務、同年九月より成功大学の博士課程入学。

体調が悪く検査に行ってからということで遅刻してきた。頼香吟待ちの間、せっかく日本人が参加しているのだから日本文学について紹介してもらいましょうと蘇偉貞に急に振られる。無難に、台湾の文壇と日本の文壇の違いについて少し話したところで頼香吟が到着、お役御免。

頼香吟の授業のお題は「経験と語言」。沈従文と龍瑛宗を例に挙げて語ろうと試みるが、参加者のほとんどが二人の作品を読んでおらず、参加者の抗議もあり、ものすごく体調が悪そうなこともあって断念。小説は内容ではなく、経験に裏打ちされた言葉によってどのように表現するかが大切であり、言葉は成長していくものだ、だから日本時代の作品は日本語で読まなきゃ、訳本読んでもわかりっこないと頼香吟は言い放ち、会場は凍る。

二時間目　陳雪（一九七〇年～）。代表作『悪女書』『橋上的孩子（橋の上の子ども）』。

陳雪は超ミニスカートで登場。同性愛の女性作家で、作品も同性愛ものが多い。自分の作家経験について語っていた。大学三年生二〇歳のとき、他の人がどうやって作家になったのか知りたくて文学キャンプに参加したのが作家になったきっかけの一つだとのこと。

夕食　成功大学の学食で食べるべきところだが、『印刻文学生活誌』で働いているKさんたちと台南市内で火鍋を食べる。

夜　部屋（成功大学の学生宿舎）に帰り、鍵をしめてシャワーを浴びに行く。帰ってきたら、ルームメイトが部屋に入れなかったと怒っていた。一部屋に鍵は一本しかないらしい。知らなかった。関係を修復するためにいろいろ話したところ、彼女は大学の図書館司書とのこと。

**二日目**

朝起きたらルームメイトがりんごをくれた。昨日の鍵締め出し事件によってこじれた関係が修復される。一緒に学食に朝食を食べに行く。わざわざおかゆまでよそってくれた。食べたくなかったけど、せっかくなので食べた。

三時間目　呉達芸。

呉達芸は元大学の先生。外省人。お題は、ディアスポラ文学について。

四時間目　黄春明講演会。

小説組だけではなく参加者全員で聴講。ステージを照らすパワーポイントの光が眩しいと文句をつけ、消さないと始めないと啖呵を切り、パワーポイント消灯後、講演は始まった。創作には一にも二にも読書だ！　文化も文学も雑種大歓迎と熱弁。「講演上手」の評判通り、黄春明の世界に魅了された。会場は熱気に包まれる。

五時間目　季季（一九四五年〜）。代表作『拾玉鐲』。元『中国時報』「人間副刊」編集長。

お題は「小説創作の真実と非真実」。開口一番、季季自身が一八歳のころ、同日に行われた「聯考（大学入試センター試験）」を蹴って文学キャンプに参加し、小説賞を受賞し、作家になったと語りだした。

六時間目　舞鶴（一九五一年〜）。代表作『拾骨』『余生』。台湾の作家にしては、人前で話すのが苦手なよう。一〇年間淡水に隠遁し、毎日仕事をせずに暮らし、四〇代になって作家になったとのこと。ときどきボソッとジョークを言っていたが、声も小さいし、訛りもきつくて、居眠りしてしまった。ごめんなさい。

七時間目　蘇偉貞（一九五四年〜）。代表作『離開同方』『沈默之島』。

クッツェー『少年時代』を絶賛していた。すべての話が一つの物語、話のオチに行くまでのストーリーが長い。聴衆との絡みなく、自分の世界を一人で喋る。「ザ・作家」という感じ。

夜　映画「無米楽」鑑賞会。鑑賞済みにて失礼した。本当は、侯孝賢の新作を見る予定だったのだけど放映料が高過ぎて「無米楽」になったらしい。

**三日目**

八時間目　駱以軍（一九六七年〜）。代表作『月球姓氏』『我們』。

鬱病を罹っていたとはいえ、やっぱりのってる作家は勢いがある。話の内容は、桜の季節に京都旅行に行き、まるで天気予報のように開花予想が各地に掲示してあったり、ニュースで流れることに感心したことや、奥さんの話とか他愛ないが、ちゃんと創作体験に上手く話を結び付けていくし、自然体の面白い話に引き込まれた。授業後は、サインを求める長蛇の列。彼も、文学キャンプに参加したことがきっかけとなり創作を始めたという。そういえば『印刻文学生活誌』総編集長の初安民を取材したとき、全国巡廻文芸営出身作家として駱以軍の名を挙げていたことを思い出した。

九時間目　宋沢莱（一九五二年〜）。代表作『打牛湳村』。お題は「七〇年代郷土文学のある研究方法――私は『打牛湳村』をどう研究したのか」。まず、彼の小説「打牛湳村」について書かれた修士論文八本を批判。宋によると、彼らの修士論文は社会学・政治学・心理学研究であって、文学研究ではなく、彼らの修士論文内の宋沢莱は自分の知らない宋沢莱だ。彼らの論文を読んで悲しくて仕方なかった、とのこと。そのうち六名は「打牛湳村」にすら行ったことがなく、そんなことでどうして論文が書けるのか。あとの二名は「打牛湳村」に行って写真を撮ってきたようだが、宋に連絡なく行ったため、二人とも「打牛湳村」に行ってしまった。実は小説の舞台は「打牛湳村」ではない。「本当の舞台は『大義村』だけど、それじゃ普通っぽいから『打牛湳村』が変な名前でおもしろそうだからつけたまで。事前に自分に尋ねてくれればよかったのに、どうしてインタビューしてくれないのとたずねたら、『作家の影響受けたくないから……』とみんな口をそろえていう。最近の院生は本当に理解できない……」とのこと。講義後、サインを求める受講者が少なかったので、宋氏をインタビューしたところ、宋氏も昔、救国団の文学キャンプに参加したそうだが、非常に失望したらしい。台湾で文学キャンプがこんなに盛んなのは韓国の映画と同じで、文学がまだ国家政策の影響下にある段階ではないかとのことだった。

午後は研修旅行の時間。国家台湾文学館を始め、台南市内の史跡巡りをした。参加者といろいろ話せてよかったが、台南の夏は暑過ぎる。

修了式　小説・散文・詩の投稿者が舞台上にあがり、作家から賞状をもらっていた。この中から将来の作家が誕生してほしいと願うばかりだ。その後、一人ずつ修了証書をいただき、あっさり終了。

多くの参加者と三日間寝食を共にし、ひたすら人の意見を聞いた、濃密な体験だった。国家台湾文学館は民進党の影響を強く受け、台湾の本土派文学に力を入れているのに対し、印刻文学生活雑誌出版は国民党の影響が強く、外省人作家を多く抱えていると、政治的に相異なる傾向を持つが、この両者が共催というようなことには、参加者は興味なし。この「全国台湾文学営」という大看板、小説組・散文組・詩組・戯劇組・原住民組・台湾語組など台湾文学の多様性を開講クラスで表現したものの、それぞれ気軽に勝手にやっているように見受けられ興味深かった。

また、投稿しただけでも表彰するなど、パフォーマンスとしての作家養成機能は残されていた。ただ、この文学キャンプもかつての創作キャンプとしての面影は形式的に残っているのみで、基本的にはファン（読者）感謝祭イベントであると思った。

## 塩分地帯文芸営　文学キャンプ体験記2

研修費用　三〇〇〇元（食費・宿泊費・研修費・保険・研修旅行費・記念品費を含む）
日程　二〇〇五年八月六日〜一〇日
会場　台南県北門郷南鯤鯓廟
主催　呉三連台湾史料基金会

**一日目**

今回、私は、国際交流組の宿泊講師として、またボランティア工作員として参加していたため、参加者として全講義を聴講したのではなく、前日から会場設営に関わり、当日は、受付など種々のお手伝いをした。塩分地帯文芸営は、リピーター率の高い文学キャンプのようで、受付では再会を喜び合う方々を多くみかけた。宿舎は、一七世紀建立の台湾最大規模の寺廟の一つである南鯤鯓廟にある宿坊。

**二日目**

一時間目　羊子喬。詩人。
テーマ「故黄武忠についてのお話」。台湾語でわからなかった。今回の塩分地帯文芸営のテーマは、「台湾母語詩歌文学」なので、台湾語での講義自体に意味があるのだから仕方がない。
二時間目　鄭清文のお話。
三時間目　向陽の授業で、台湾語にもかかわらず、台湾語初級学習者の私にもわかった気がした。
このキャンプには四人の日本植民地期生まれのおじいさんが参加なさっており、そのうちお二人は元日本兵とのことだった。熱心に昔のご自身の体験をお話くださる。私の名前は「和美子」（美和子ですよ！）と間違って覚えていらっしゃるが、そのおじいさんたちとは今も年賀状のやりとりが続く。

夜　各組（文学組・詩組・散文組・劇組・国際交流組）に分かれての座談会。

私は国際交流組の責任者（といっても国際交流組は私一人であり、今回特別に作られた組）として、「日本における台湾文学」について講義。持ち時間は一〇〇分。後半は質疑応答。国際交流組に来てくださった約三〇名の学員の方々からは、日本の台湾文学というよりも日本の日本文学について多くの質問を頂戴した。以下はその時いただいた質問。

・台湾の作家の社会的地位と日本の作家の社会的地位の違いについて。

・台湾にいながら日本のことを書いている作家の作品は台湾文学と言えるのか。

・村上龍が日本社会に与えた影響。

・綿矢りさ・金原ひとみの芥川賞ダブル受賞は何を意味しているのか。

・台湾の大学の受験では必ず作文が出るけど、日本の大学の受験はどうなのか。

授業後、一人のトロンとした目をした女の子にラブレターを

塩分地帯文芸営の会場となった南鯤鯓廟内の宿坊
（2006年8月10日）

塩分地帯見学バス旅行・七股の潟湖遊覧
後方右から作家の杜文靖、黄崇雄（2006年8月8日）

塩分地帯文芸営における散文組の座談会
後方左から作家の黄崇雄、陳艶秋（2006年8月8日）

もらった。今も彼女から時々お手紙をいただく。終了後、塩分地帯文芸営創設者であるお二人の作家とカラオケへ。日本の曲は、「津軽海峡冬景色」より古いものしかなかった。夜一〇時ごろ、スタッフが電話で助けてくれて先に帰る。帰り道、小説を書いている少年に会い、日本人だからみんなあなたのこと特別扱いしていると感じない？と聞かれた。私もそう思ったけれど。

塩分地帯文芸営の閉会式（2006年8月10日）

**三日目**

六時起きで、塩分地帯見学バス旅行。スタートは塩分地帯文学館。塩分地帯は郭水潭を始め、呉新栄・王登山らの作家を生み出している。その塩分地帯の文学の歴史をアピールするための文学館である。楊逵《き》の初稿も一篇あり。塩分地帯文芸営の紹介コーナーもあったので、記念撮影しておく。呉新栄銅像も見学したりした。その後、台湾塩業博物館へ。塩の山に登ったり、塩の作り方などを見学。見学後、塩味アイスクリームをいただく。午後は船にのって対岸へ。船上で、焼き牡蠣をいただく。美味しい！　二〇個くらい食べたかも。塩分地帯の海は青ではなく、灰色。暑くて暑くて疲れ果てた。この地域を舞台にした小説は、道理で暗いわけだ。

夜　引き続き各組による座談会。私も聴衆の一人として小説・詩・散文の座談会を見学してまわった。参加者はかなり真剣に創作についての悩みを作家に相談し、作家もそれぞれの経験を語りと、大変充実した時間であった。やはり自らも創作している参加者が多いようだ。詩組では創作の言語について、台湾語の場合はローマ字表記か漢字表記か?などの討論が長く続き、現状分裂の様子がうかがわれる。

**四日目**

一時間目　塩分地帯文芸営創設者のひとりである杜文靖の台湾民謡の授業。

二時間目　客家文学についての曾貴海の授業。台湾語だったからよくわからなかった。

三時間目　劉克襄の旅行文学についての授業。

四時間目　李勤岸の母語についての授業。オール台湾語で聴きとれなかった。

夜　頼和バンドのライブ。ヴォーカルの美親ちゃんの声が優しくて感激。終了後、塩分地帯文芸営創設者のH氏とY氏に飲みに誘われた。どうやらこの二人の行き先は違うらしい。台湾文学＝台湾語?　台湾文学＝台湾語＋中国語?という問題で、この二人は仲違いしているらしい。

**五日目**

閉会式にて、表彰式。塩分地帯文芸営では持参してきた作品を一日目に投稿し、キャンプの間に、宿泊講師たちが評価することになっている。一位になった参加者は大喜びで得意満面だった。

## 全国巡廻文芸営　文学キャンプ体験記3

研修費用　三二〇〇元（実習費・食事宿泊費・教材費・保険費を含む）

日程　二〇〇六年八月三日～五日

会場　元智大学（桃園県中壢市）

コース　小説・散文・新詩・マスコミ・映画・戯劇・アニメ

主催　聯合報社・聯合文学出版社・桃園県政府・遠東グループ

宿泊講師

小説組　李昂、東年、郝誉翔

散文組　呉鳴、廖鴻基

新詩組　向陽

マスコミ組　林書煒
映画組　呉米森、曾偉禎
戯劇組　黎煥雄
アニメ組　蕭言中

**一日目**

宿泊は、元智大学の学生宿舎。学生宿舎はベッドと机があるだけで寝具はないので、全国台湾文学営に続き、お布団持参で行ってきた！　全国巡廻文芸営は、一九八五年に始まった文学キャンプで、聯合文学出版社と聯合報社が中心。今回の参加者は六六〇名。高校生・大学生が多数を占め、大学の新入生歓迎キャンプのような雰囲気。

開幕式では、全国巡廻文芸営こそが、世界一歴史があり、大規模で、純粋に文学を追い求めたすばらしい最高の文学

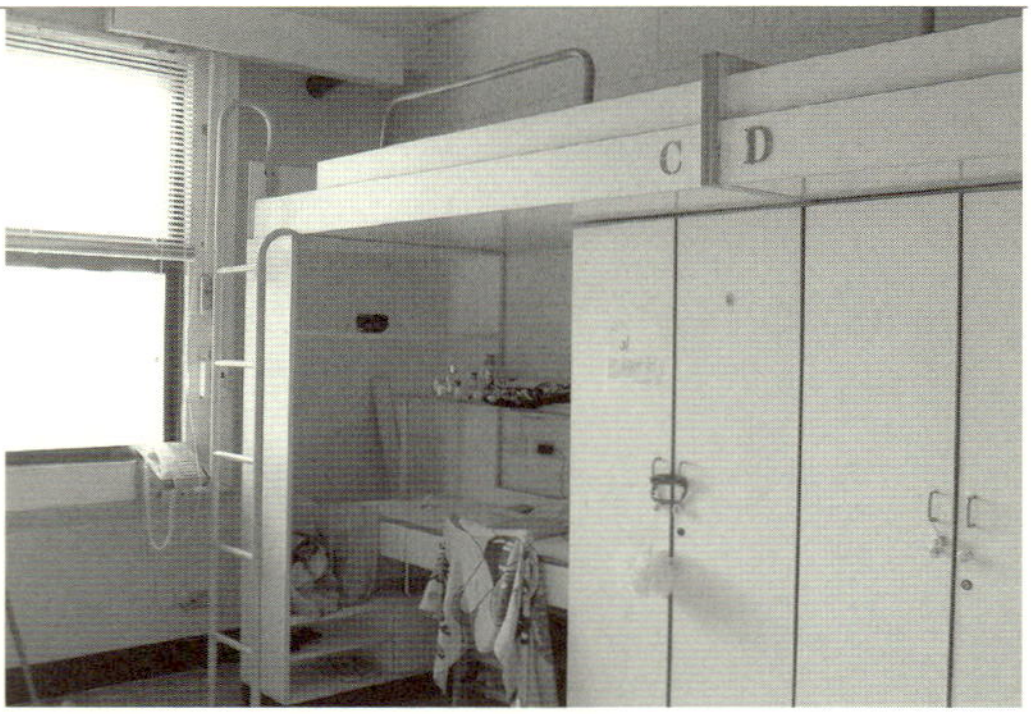


元智大学の学生宿舎（2006年8月3日）

全国巡廻文芸営での九把刀の授業（2006年8月4日）

全国巡廻文芸営での各組対抗のパネルゲーム（2006年8月4日）

キャンプであると強調されていた。その盛り上げの一環として、最年長参加者、最年少参加者がそれぞれ紹介され、私は一番遠いところから来た参加者として紹介されてしまった。とにかく、〝一番〟〝最高〟を尊ぶ文学キャンプである。

私は小説組B班で担任は東年、ほんとは李昂がよかったんだけど、残念。

一時間目　郝誉翔の授業で、ネット小説について。内容的には新鮮味はなかった。「好漂亮よ〜！」と絶賛していた参加者もあり、相変わらずアイドル的な人気も一部ではまだ健在のようだ。

二時間目　台湾大学外文系の張淑英のお話。大変真面目な講義。

三時間目　東年の授業。内容はあまりなく、小ネタばかりに思われたが、私が行ったアンケートを読む限りでは、先生が面白くて、よかったとの意見が多かったので、中身がなくても面白ければいいと思っている受講者も多いよう。参加者の幅が広いので、ターゲットをどこに絞るかは確かに大変だと察する。

**二日目**

一時間目　許栄哲の授業。彼は、六年級（中華民国六〇年代〔一九七一〜八〇年〕生まれ）の若い作家グループ「８Ｐ」の一人で、創作についてまじめに熱く授業していた。

二時間目　台湾大学哲学系の先生のご講演。全国巡廻文芸営は、いつも講演の時間がある。過去の講演者が、連戦・宋楚瑜だったことを思うと、講演者からも政治中国から文化中国への変化を辿れるのだと感慨深い。

三時間目　九把刀。彼は、ネット文学から有名になった作家である。今回、私が聴講した作家の授業の中では一番人気だった。ルームメイトの高校生が、彼の大ファンで、両親からこの文学キャンプ参加を誕生日プレゼントとしてもらったと喜んでいたぐらいである。授業後は、サインを求める長蛇の列（私がこれまで見てきた中で最長）。

四時間目　全員が集められ、各組対抗のパネルゲームを行う。このゲームで驚いたのが、各グループの代表者が中華民国国旗を持っていたこと。台湾で人気のクイズ番組さながらの騒ぎ振りで、その場にいることが辛くなったので早退した。帰り際、ルームメイトの高校生が、持参のぬいぐるみをくれた。有難いが、どうしていいのかわからない。

台湾の作家はとにかくお話が上手。『聯合文学』の総経理朱玉昌に、台湾には作家が多く、マスコミへの露出も多いことについて聞いてみたところ、彼の解釈では、①台湾はケーブルテレビが多く、とにかく喋る人がたくさん必要だから、作家もテレビにたくさん出る、テレビに出ている人は少しものを書いてすぐに作家となる。②出版社が多数あり、年間四万冊も本が出るので、とにかく書く人が必要だ。ということらしい。全国巡廻文芸営は、時勢に合わせて、常に変容し進化しているから、これからもずっと最高の文学キャンプをやり続けるとのことだった。

# 第三章　台湾の芥川賞——『聯合報』『中国時報』二大新聞の文学賞

## 第一節　はじめに

### 一．研究動機と目的

第一章、第二章では、救国団の文芸活動から文学・読者・作家の生成について論証した。本章では、国家の文芸政策と救国団の文芸活動により育った一九五〇年代、六〇年代生まれの作家たちが、戒厳令解除後に発表した文学作品の生成に注目する。

戒厳令解除後の台湾文学界では、李昂（一九五二年～）、朱天心（一九五八年～）、朱天文（一九五六年～）、平路（一九五三年～）ら、一九五〇年代生まれの女性作家の作品が注目を浴びた。救国団世代の彼女たちが発表した作品の多くは、既存の歴史に対して、主人公の女性がそれぞれの立場から自分の記憶を遡及し、それぞれの「私たち」の台湾を書くという政治的かつ排他的な「私たち」の台湾物語であった。小説の内容については第四章で詳しく分析するが、こうした女性作家たちによる政治的な「私たち」の台湾文学は、どのように生まれたのか。これらの文学の生成の過程を、前章に引き続き、戒厳令解除以前の文学のあり方に求める。本章では、台湾の芥川龍之介賞とも目される二つの文学賞、七〇年代後半から八〇年代にかけて台湾の文学を主導してきた『聯合報』『中国時報』という二大大衆紙の文学賞の変遷を分析していく。

## 二 戦後台湾における文学賞

今回、一九九〇年代に発表された女性作家たちの作品の生成を検証するにあたって、文学賞を分析対象としたのは、戦後の台湾において、文学賞が文学の正統性を決定する上で非常に重要な役割を果たしてきたからである。

国民党遷台以降の最初の文学賞は、反共抗ソ文芸を提唱した中華文芸奨金委員会の文学賞である。張道藩の指導の下、一九五〇年三月一日に成立した。高額賞金（短編小説・三〇〇〇元、中編小説・八〇〇〇元、長編小説・一万二〇〇〇元[1]）と中国文芸協会の雑誌『文芸創作』への掲載を求めて、三〇〇〇名以上が投稿し、反共文学ブームが起こった。[2]こうした国策としての懸賞文学のあり方は、公用語が中国語に取って代わったばかりの台湾において、企画者の意図にかなった作品を創作して作家になることが、経済的な自立や身分の保証へと繋がる可能性があると青年たちに思わせた。こうして作家志望の青年たちが多数生み出されたと思われる。同時に、反共という明確で画一的な意図を持った国策による懸賞文学の成功は、戦後の台湾の文学のあり方の基盤を作った。その後、一九七〇年代以降、国策文学を主導してきた中華文芸奨金委員会及び中国文芸協会の影響力は徐々に後退し、作家になる夢を持った青年たちを受け容れるような大規模な文学賞が生まれることはなかった。

国営の文芸団体による文学賞に取って代わり、台湾の文学を牽引するようになったのが、『聯合報』と『中国時報』

という二大新聞の副刊である。『聯合報』が一九七六年に、『中国時報』が一九七八年にそれぞれ文学賞を設ける。日本で翻訳出版された作品にも、「新しい台湾の文学」シリーズの張系国「シャングリラ（香格里拉）」（一九八二年）、朱天文「エデンはもはや（伊甸不再）」（一九八二年）、張大春「将軍の記念碑（将軍碑）」（一九八六年）、平路「奇跡の台湾（台湾奇蹟）」（一九八九年）、朱天心「古都」（一九九八年）を始め、宋沢莱「打牛湳村　笙仔和貴仔的伝奇（笙仔と貴仔の物語打牛湳村）」（一九七八年）、黄凡「頼索（頼索氏の困惑）」（一九七九年）、王禎和「香格里拉（シャングリラ）」、陳映真「山路（山道）」（一九八三年）、朱天心「想我眷村的兄弟們（眷村の兄弟たちよ）」（一九九二年）、また曹麗娟「童女之舞（童女の舞）」（一九九一年）、紀大偉「膜」（一九九五年）、邱妙津「鰐魚手記（ある鰐の手記）」（一九九五年）など二大新聞の文学賞の受賞作品は多い。文学史においても「台湾新文学発展重大事件」（二〇〇四年）の一つに取り上げられたほど、その後の台湾の文学に大きく影響を与えた。[3]この二大新聞の文学賞が、従来の文学賞と大きく異なるのは、媒体が、一部の愛好家を読者とする文学雑誌ではなく、当時発行部数一〇〇万部を超えた二大大衆紙だったということだ。

先行研究を見てみると、日本では、二大新聞の文学賞に関する研究はないが、台湾では、修士論文を中心に優れた研究がある。最初にこの現象に注目したのは、荘宜文の修士論文「『中国時報』与『聯合報』小説奨研究」（一九九六年、国立中央大学修士論文）であり、受賞作の傾向を詳細にまとめた。続いて九七年には副刊に関する論文集、瘂弦、陳義芝編『世界中文報紙副刊学綜論』（行政院文化建設委員会）が出版された。

江宝釵「江山風騒，究誰主／領――論両大報文学奨設立的文学史意義」（『台湾新文学発展重大事件論文集』国家台湾文学館、二〇〇四年）は、二大新聞の文学賞が政治・郷土・女性・同性愛をテーマとする新しい文学の潮流を作ったと指摘した。また、張俐璇「両大報文学奨与台湾文壇生態之形構」（国立成功大学修士論文、二〇〇六年）は、二大新聞の文学賞が影響力を持つに至った要因を、報禁による民営二大新聞の独占状態と、『中国時報』支持派（李煥〔元行政院院長〕・余紀忠〔『中国時報』発刊者〕・高信疆〔『中国時報』「人間副刊」編集長〕）と、『聯合報』支持派（王昇〔元国防部総政治作戦部主任）・王惕吾（『聯合報』の発刊者）・瘂弦（『聯合報』副刊編集長）という国民党内における二派による派閥争いから理解しようとするなど、いくつかの観点から詳細に分析している。

先行研究は、二大新聞の文学賞受賞作そのものの分析に終始しており、その後の文学生成への影響については言及していない。また、二大新聞について、政治的な背景に関しては、張俐璇「両大報文学奨与台湾文壇生態之形構」が分析を試みているものの、例えば、日本において芥川龍之介賞と直木三十五賞が純文学と大衆文学に棲み分けているように文学的な指向や内容の違いがあるかどうか、などについては触れていない。そこで、本章では、二大新聞の文学賞受賞作品の文学的な指向や内容の分析を通して、二大文学賞のそれぞれの傾向について明らかにし、次章で取り上げる一九九〇年代に発表された女性作家たちの作品がいかに生成されたのか検証したいと思う。

# 第二節　二大新聞の副刊——台湾文学のトップメディア

## 一．『聯合報』『中国時報』二大新聞

『聯合報』は、一九五一年に九月一六日に、『民族報』（王惕吾）、『全民日報』（林頂立）、『経済時報』（范鶴言）の三紙を合わせた『全民日報、民族報、経済時報聯合版』（発行人・王惕吾）として発刊され、一九五三年九月一六日に『全民日報、民族報、経済時報聯合報』と改名され、五七年六月二〇日に現在の『聯合報』となった。初期は、犯罪ニュース報道が主であった。創刊時の発行部数は一万二二四八部、六一年に一一万八〇〇部[4]、七七年に六〇万部、八〇年に

は一〇〇万部を超えた。(5)

『中国時報』は、一九五〇年に『徴信新聞』（発行者・余紀忠）として発行され、初期は商業動向などを報道した。五四年一〇月二日より、政治・社会面を設け総合紙となり、五五年に別刷りの副刊「人間副刊」を創刊している。六〇年より『徴信新聞報』と改名され、六八年九月に現在の『中国時報』となった。創刊時の発行部数は二〇〇〇部、七八年五月に七一万部、同年九月に八一万部、七九年八月七日には一〇〇万部を突破した。(6)

## 二、副刊

「副刊」とは、広義には「非新聞の紙面」を指し、狭義には「文学・文化紙面」を指す。本章では、「副刊」を狭義の「文学・文化紙面」とする。台湾の副刊は、中華民国期の新聞の付録版と、日本植民地期の新聞の文芸欄・漢文欄の二つを継承したものである。(7) 戦後直後には、『新生報』「橋」、『国声報』「南光」などが発刊された。(8) 林淇瀁が、台湾の副刊を、一九五〇年代・「総合副刊」、六〇年代・「文学副刊」、七〇年代中盤・「文化副刊」、九〇年代以降・「大衆副刊」とそれぞれ名付けたように、文学中心ではあるものの年代により傾向は移り変わっている。

戦後の台湾において、文学雑誌に取って代わり、副刊が文学のトップメディアとなったのは、林淇瀁が「文化副刊」と名付けた一九七〇年代中盤から八〇年代にかけてである。とりわけ一九七七年の瘂弦（王慶麟『聯合報』副刊〔以下「聯合副刊」と略す〕）の編集長就任後、一九八三年の高信疆（『中国時報』「人間副刊」〔以下「人間副刊」と略す〕）の編集長辞任までの六年間は、両編集長の苗字を取って、王高争覇戦と言われたほど副刊には勢いがあった。(9)

## 三．二大新聞の副刊の編集長と傾向

副刊の紙面構成や原稿採用に最も影響力を持っていたのは、副刊の編集長だ。それぞれの歴代編集長は、「聯合副刊」が、沈仲豪（一九五一年九月一六日～？）→黎文斐（？～一九五三年一〇月）→林海音（一九五三年一一月～六三年四月二四日）→馬各（一九六三年四～六月）→平鑫濤《きんちゅう》（一九六三年六月～七六年一月）→馬各（一九七六年二月～七七年九月）→瘂弦（王慶麟）（一九七七年一〇月～九七年六月）→陳義芝（一九九七年六月～）である。林海音、平鑫濤、瘂弦、陳義芝が長期にわたって務め、その空白を馬各らが補っている。林海音は、日本植民地期の作家や戦後第一世代の本省籍作家などの作品や、原田康子「挽歌」、カミュー「異邦人」など翻訳作品も多く掲載した。(10) 平鑫濤は、瓊瑤《けいよう》や高陽などの大衆長編小説、また三浦綾子「氷点」の翻訳も掲載した。(11)

一方、『中国時報』の「人間副刊」は、徐蔚忱→李葉霜→畢珍（一九六二～六五年）→王鼎鈞（一九六五～六九年七月）→桑品載（一九六九年七月～七四年七月？）→高信疆（一九七三年五月？～七六年六月）→陳曉林（一九七六年六月～七七年五月）→王健壯（一九七七年五～一〇月）→副刊編集委員会（一九七七年一〇～一二月）→高信疆（一九七八年一月～八三年三月）→金恒煒（一九八四～八六年）→陳怡真（一九八六～八八年）→季季（一九八八～九〇年）→楊沢（一九九〇年～）である。変遷激しく、最長は楊沢、二位は高信疆の二期合計八年である。高信疆は、一九七五年にルポルタージュの専欄「現実的辺縁」を設け、郷土回帰を求める七〇年代の気運の中、台湾におけるルポルタージュの基礎を作った。(12)

以上、歴代の編集長により、「聯合副刊」は文学性を重視、「人間副刊」は社会性をそれぞれ重視する傾向がそれぞれ築かれた。

# 第三節　二大新聞の文学賞

## 一．一九七〇年代の文学状況

一九七〇年代の台湾は、国連脱退、日中平和友好条約締結による日本との断交、蔣介石死去、郷土文学論争、中壢事件（一九七七年一一月、桃園県長選挙をめぐる中国国民党の不正行為に市民が反発し、警察分局を包囲、焼き討ちにした事件）、米国との断交、美麗島事件というように、〝中華民国〟の存在意義を揺るがすような出来事が続く。国民党は政権存続の意義を国外ではなく国内に見い出ださざるを得なくなり、蔣経国により、文化面において「中国化」から「台湾化」への政治路線変更が試みられ始めた時代であった。

では、文学の場において、「台湾化」とはどのようなものだっただろうか。山口守が、「本省人意識を核とした『台湾人意識』と区別されるべきだろうが」とした上で、「外省人第二世代にとって、台湾はもはや故郷と言うべき土地であり、自らを台湾に生きる中国人と認識することで『台湾意識』が育ちつつ」あり、「『台湾意識』にせよ『台湾人意識』にせよ、いずれも台湾という自分が育ち、暮らす土地への帰属意識が、一九六〇～七〇年代に本省人、外省人を問わず若い世代の人々に共有化されつつあったことは確かだろう[13]」と指摘しているように、「台湾」という土地への帰属意識が、本省人にとってはもちろんのこと、台湾で育った外省人にとっても看過できなくなったのである。七〇年代、「黄春明、陳映真、王拓、楊青矗らの作家のリアリズム文学の色彩が強い小説や小説集が続々と出版されると、時局の動揺と相呼応して、台湾の文学界全体が徐々に二つの陣営に分かれ始め、台湾の文学はどの方向へ向かうべきなのか、何を台湾郷土文学と呼ぶのかといった問題が議論され始めた[14]」。こうして「一九七七年から七八年にかけて、台湾の文学界で『戦後最も激しい論争』として台湾現代文学史に記されている『郷土文学論争』が起こった。この論争は一言で言うならば、『郷土文学』を提唱する一部の作家が国民党政府に近い立場にいた作家たちによって『左翼文学の提唱者』として危険視されたことを契機に発生したもの[15]」である。郷土文学論争について、菅野敦志は次のように分析している。「この論争は多面的な性格を有しており、ただ単に『台湾』と『中国』の相克が問題とされたのではなかった。なかでも、ローカリズムを軸とする『郷土回帰』が最も注目された焦点ではあったものの、松永正義が指摘するように、この論争で提示されたあらゆる解釈は、一九七〇年代の思想動向の主流が単一的な『中国人』意識に止まらず、『台湾における中国人』『台湾における中国文学』といった『台湾と中国の多元的重層的把握』を可能とさせる民族主義の潮流の下で、いわば、多重的なアイデンティティの在り様を示すものであった[16]」。

七〇年代、文学において政治論争が行われるなど文学と政治の距離は縮まり、文学も新たな局面を迎えていく。

## 二、二大新聞の文学賞――「聯合報小説賞」を中心に（一九七六～八三年）

政治的な論争が過熱していく一九七〇年代の文学場において、新たな文学賞が生まれた。一九七六年九月一六日に『聯合報』発刊二五周年を記念して創設された「聯合報小説賞」である。

この「聯合報小説賞」は、二年後に誕生する『中国時報』の「時報文学賞」と合わせて二大新聞の文学賞として扱われることが多い。例えば、江宝釵「江山風騒、究誰主／領――論両大報文学奨設立的文学史意義」は、二大新聞の文学賞が政治、郷土、女性、同性愛をテーマとする新しい文学の潮流を作り、一九八〇年代の文学を主導してきたと、二つの文学賞を合わせて論じている。また林耀徳も、「八〇年代の『中国時報』『聯合報』二大新聞の文学賞は政治文学の発展に絶対的かつ具体的な影響を持った[17]」と指摘し、やはり二つの文学賞を区別せずに扱っている。

確かに「聯合報小説賞」と「時報文学賞」は、二大新聞の主催であり、同時期に存在した文学賞であったからこそ文学場を主導するに至ったのかもしれない。だが張俐璇がそれぞれの新聞の特徴を正統派の『聯合報』、自由派の『中国時報』と指摘しているように[18]、それぞれ個性を持ち、独立した新聞社が主催した文学賞であることは軽視できない。そこで、本章では、二つの文学賞をそれぞれ独立した文学賞として捉え、それぞれの相違点に着目しながら、正統派と言われる『聯合報』の文学賞の変遷を中心に見ていきたい。

「聯合報小説賞」の第一回目の募集要項によれば、目的は「創作の奨励、優秀作品の発掘、新人作家の育成[19]」とある。第一回（一九七六年）の懸賞金総額は一〇万元（一位・五万元）であり、その後、第二回の一九七七年は二〇万元[20]、七八年・七九年は二五万元、八〇年は一四〇万元、八一年は二〇〇万元と高額になっていった。この資金源は不動産新聞広告の収入によるものらしい[21]。高額懸賞金は、多くの作家志望者たちを惹きつけるに十分であり、投稿原稿数は、短編への公募が、第一回の七六年は一二一二編、八〇年は二四九八編（短編六〇二編、ショートショート一八三二編、中・長編六四編）であり大変盛況である[22]。

華々しく始まった「聯合報小説賞」の第一回は、丁亜民「冬祭」、蔣曉雲「掉傘天」が二位（一位は該当者なし）であった。丁亜民「冬祭」は小学校の用務員を務める退役軍人を描いた作品であり、「掉傘天」は中産階級の女性の屈折した心理を描いた作品である。両作家はそれぞれ一八歳と二二歳という若さでの受賞だった。いずれも審査員の一人でもある朱西寧が率いる三三文学集団の出身である[23]。三位には、黄文鴻「沉情」、朱天文「喬太守新記」の二作が、佳作には、朱天心「天涼好箇秋」、劉武雄「大榕樹」、黄鳳桜「小喇叭手」、蔡士迅「凶煞」、馬叔礼「四秒鐘」、曾台生「我愛博士」、蔣家語「関山今夜月」、楊宏義「功在杏林」、席慕蓉「生日蛋糕」、鄭清文「故里人帰」の一〇作品が選ばれた（朱天文・朱天心・馬叔礼・蔣家語はいずれも三三文学集団の出身である）。全受賞者一四名のうち三三文学集団の作家は六名に上る。当時の三三文学集団の強勢がうかがい知れる結果だが、朱西寧の二人の娘も入選していたため、身内を優遇したとの批判も多かった。(24)

記念すべき第一回目にもかかわらず、なぜ一位は空位だったのか。それについて、王徳威が「主催者や審査員が期待した主題や品格のある作品が出てこなかったためではないか」と指摘しつつ、「後の一位の受賞作である小野「封殺」（第二回）や張子樟「老榕」（第三回）と比べても、丁亜民や蔣曉雲の作品は決してひけをとっていない」(25)と、二〇〇一年になって二五年も前の出来事についてわざわざ異議を唱えている。このことからも、第一回の選考には何かしら問題があったのではないかと推察することができる。実際、丁亜民「冬祭」と同じく退役軍人をモチーフとして描いた張大春「鶏翎図」が、二年後の一九七八年に第一回「時報文学賞」優秀賞を獲得しており、丁亜民「冬祭」のテーマの斬新さは保証されている。では、「聯合報小説賞」の求める新人作家とはどういう作家だったのか。第二回の小野の受賞を例として考えたい。

第二回（一九七七年）の一位に輝いた小野の「封殺」は、少年野球の選抜戦を題材として、勝利して米国に行くことを夢見る少年と一儲けを企む父親の心理の葛藤を描いた作品である。「聯合報小説賞」第一号の一位である。「封殺」は、野球をテーマとしたことは斬新だが、夏志清がこの「封殺」がなぜ選ばれたのかわからないと言っているように、(26)どちらかといえば芸術性に乏しくエンターテイメント性の高い作品であった。受賞時二六歳であった小野は、同年、「中国文芸協会小説創作賞」と「金筆賞」の二つの文学賞を既に獲得しており、「聯合報小説賞」受賞をもって三冠王となった。(27)受賞後、彼の作品を基にした映画が公開され、林懐民により舞台化も決定され、彼自身は「聯合副刊」に職を得ている。(28)こうした小野の一位受賞を考えると、「聯合報小説賞」が求めていたのは、芸術性に富んだ、社会批判精神を持った新進気鋭の作家というよりも、稼げる万能スター作家だったと推察できる。また、第一回の「聯合報小説賞」をめぐる座談会において、朱炎（一九三六年～）が「若い作家は奨励されるべきだが、一世代上の作家たちはもっと激励を必要としている」(29)と発言しているように、新人作家の発掘という新しい文学賞のあり方は、必ずしも文壇で歓迎されていたわけではないようだ。こうした状況下において、「中国文芸協会小説創作賞」受賞のような実績のある小野という作家の受賞は、「聯合報小説賞」の権威付けや周りの作家たちの同意を得るためには無難であったのかもしれない。

「聯合報小説賞」に遅れること二年、一九七八年に『中国時報』も文学賞を創設した。前述したように『中国時報』の副刊である「人間副刊」は、編集長高信疆の果敢な挑戦によりルポルタージュという新しい文学の分野を切り開いた。第一回の募集要項には、「人間の尊厳を肯定し、社会の現代化の様相を反映し、民族愛と同胞愛を奨励する小説及びルポルタージュは全て選考の対象である」(30)とある。その革新的な姿勢は文学賞の選定にも見ることができる。第一回は、高まる郷土文学論争を受け、農村の苦境を描いた郷土文学の宋沢莱「打牛湳村　笙仔和貴仔的伝奇（笙仔と貴仔の物語　打牛湳村）」が受賞した。その年の「聯合報小説賞」一位は、張子樟「老榕」であった。「老榕」の舞台は台湾南部の農村であるが、郷土文学論争を踏まえたものではなく、舞台が郷土なだけである。

一九七九年、「時報文学賞」は、台独（台湾独立）組織に入った頼索の人生を描き台湾の社会を風刺した黄凡「頼索（頼索氏の困惑）」に一位を与えた。一方、「聯合報小説賞」は、マレーシア出身の李永平の「日頭雨」が一位を獲得している。「日頭雨」は息子と母の衝突を描いた作品で、母親の描き方、またフラッシュバックの技法など作品の持つ芸術性が高く評価され受賞に至った。

一九八〇年の「時報文学賞」は、花蓮を舞台にした母子の物語、郷土文学である王禎和「香格里拉（シャングリラ）」が「特別推薦賞」を獲得している。同年、「聯合報小説賞」では、金兆の反共小説「顧先生的晩年」が一位を受賞した。共産党に入党した顧先生が晩年になり後悔する反共小説である。「聯合報小説賞」では、八〇年代に入っても、反共というテーマがまだ有効だったようだ。二位の袁瓊瓊《けいけい》「自己的天空」は、離婚した女性の心理を描いた作品であり、フェミニズム文学の先駆けと言われている。この年、新しく創設された「長編小説賞」には、蕭麗紅「千江有水千江月」が選ばれた。「千江有水千江月」の舞台は台湾の南部であり、郷土文学と評価されてはいる。だが三三文学集団出身の蕭麗紅が書いた大家族の物語「千江有水千江月」は、郷土文学論争を踏まえた小説というよりも台湾の紅楼夢というべき作品であった。「千江有水千江月」は、翌年、聯経グループである聯経出版から出版され、数十年にわたるベストセラーとなった。ちなみに二〇〇二年版には六四刷とある。この年、司馬中原が「特別貢献賞」に選ばれている。この「特別貢献賞」は、第四回より創設された賞であり、審査員の常連である朱西寧・司馬中原・姚一葦が受賞している。

審査員について若干触れておくと、初期の「時報文学賞」の発表紙面を見ると、新聞の上段中央に審査員五名の写真とプロフィール、そして一段下がった両端に受賞者の写真とプロフィール、下段に受賞作品が掲載されている。この配置から見ても、主催者側にとって、審査員がいかに重視されるべき、配慮されるべき存在であったかうかがえる。以下は、二大新聞の文学賞の歴代審査員である。

姚一葦（一九二二～九七年）、夏志清（一九二一年～）、斉邦媛（一九二四年～）、鍾肇政（一九二五年～）、葉石濤（一九二五～二〇〇八年）、尼洛（一九二六年～）、彭歌（一九二六年～）、朱西寧（一九二七～九八年）、余光中（一九二八年～）、洛夫（一九二八年～）、馬森（一九三二年～）、鄭愁予（一九三三年～）、顔元叔（一九三三年～）、林文月（一九三三年～）、司馬中原（一九三三年～）、李喬（一九三四年～）、劉紹銘（一九三四年～）、水晶（一九三五年～）、荘信正（一九三五年～）、朱炎（一九三六年～）、陳映真（一九三七年～）、劉大任（一九三九年～）、王文興（一九三九年～）、雷驤（一九三九年～）、七等生（一九三九年～）、楊牧（一九四〇～）、張曉風（一九四一年～）、李欧梵（一九四二年～）、張系国（一九四四年～）、李渝（一九四四年～）、黄碧端（一九四五年～）、施叔青（一九四五年～）、柯慶明（一九四六年～）、李永平（一九四七年～）、鄭樹森（一九四八年〜)、蔡源煌(一九四八年〜)、何寄澎(一九五〇年〜)、李瑞騰(一九五二年〜)、平路(一九五三年〜)、王徳威(一九五四年〜)、陳黎(一九五四年〜)、廖咸浩(一九五五年〜)、向陽(一九五五年〜)、周芬伶(一九五五年〜)、張大春(一九五七年〜)、朱天心(一九五八年〜)、簡媜(一九六一年〜)。

彭歌・朱西寧・司馬中原ら中国青年写作協会及び中国文芸協会出身の老作家たち、雑誌『文学雑誌』の林文月・余光中、雑誌『現代文学』の姚一葦・夏志清・劉紹銘・李欧梵・白先勇ら、また柯慶明・王徳威・何寄澎ら比較的若い学者、鍾肇政・葉石濤といった日本植民地期の教育を受けた作家たち、平路・張大春・朱天心・簡媜ら比較的若い作家たちと、非常にバランスよくみえる。だが審査員の約半数が一九三〇年代以前の生まれであることは見過ごすことができない。こうした高名な老作家たちを審査員に任命したことは、新しい文学賞を権威付けるためには一つの有効な方法であっただろう。一方で、中国文芸協会の威力が衰えると共に、存在感が薄れ始めた老作家たちにとっても、審査員という仕事を得、二大新聞の文学賞の審査員として表舞台に出られることに悪い気はしなかったはずである。老作家への配慮は、新人作家の発掘が文学賞創設の目的でありながら、特別貢献賞を創設し、老作家たちを受賞させていることからも見て取れる。

話を「聯合報小説賞」に戻すと、一九八一年は日本植民地期の作家王詩琅「沙基路上的永別」が受賞した。王詩琅は日中戦争時、中国に駐在し、戦後は国民党内で職を得た経歴を持つ。受賞作は日本植民地期、台湾人男性が中国人女性に恋をするが、日本人と見なされたため成就に至らなかったという恋愛悲劇と苦悩を描いたものである。江宝釵は、「沙基路上的永別」を政治小説に分類しているが[31]、当時の政治批判ではなく、抗日という意味の政治小説である。

一九八二年の「時報文学賞」は、軍人村出身の女優の孤独を描いた朱天文の「伊甸不再(エデンはもはや)」に優秀賞を授与した。この年、「聯合報小説賞」は、宇宙旅行から帰還した飛行士を描いたＳＦ小説、張系国の「香格里拉(シャングリラ)」を選出した。また、前年の王詩琅に続き日本植民地時代の作家龍瑛宗の「勁風与野草」が、「特別推薦賞」に選ばれた。「勁風与野草」は、『聯合報』副刊編集長であった痖弦の要望に応え、当時七〇歳の龍瑛宗が中国語で書いたもので、一九四五年五月三一日の台湾の大空襲までの日本植民地時代を描いた自伝的小説である。[32]

一九八三年の「時報文学賞」は、五〇年代の白色テロに翻弄された女性の人生を描いた政治小説、陳映真「山路（山道）」が「特別推薦賞」に輝いた。同年、「聯合報小説賞」では、駐米記者が米国籍台湾人の変死を取材する物語を通して台湾人が海外で遭遇するアイデンティティクライシスを描いた平路「玉米田之死」が短編の一位を、また、郷土とフェミニズムを同時に描いた作品としては数少ない成功例である李昂「殺夫（夫殺し）」が中編の一位を獲得した。平路「玉米田之死」は、小説の舞台が台湾ではなく米国ではあるものの、当時の社会を批判する内容である作品の一位受賞は、正統派であり保守的と言われた『聯合報』の変化を表すものであった。このように「聯合報小説賞」受賞作品にもようやく変化が見られ始めるが、こうした変化は募集要項にも顕著にみられる。第八回（一九八三年）の募集要項では、原稿募集の目的は、「文学創作の奨励、人間の描写を発掘し、時代精神を反映した優秀作品」と改められ、「時代精神を反映した」という条件が加わっている。「時報文学賞」が第一回目より掲げていた「社会の現代化の様相を反映した作品」にようやく近付き、「聯合報小説賞」も、第八回目にして、「時代精神を反映した」作品を求めることを掲げたのである。

急激な民主化といった政治的な社会変動に、「聯合報小説賞」もようやく応じ始めていった。『中国時報』のアンケートによれば、『中国時報』の七五パーセントの読者が「人間副刊」を最初に読むという結果が出ているが、[33]一九七〇年代以降の政治的状況の変化により、党国体制から資本主義経済体制へと、台湾社会においてヘゲモニーが移行する中で、読者は消費者となり、新聞は消費者たる読者の存在を無視できなくなり、「聯合報小説賞」と「時報文学賞」の傾向も次第に似通ったものになっていったようだ。

一九八四年の「聯合報小説賞」は張大春「牆」が受賞した。だが、その後、『聯合報』は「五四以来の最も大型の文学刊行物」[34]と銘打った文学総合雑誌『聯合文学』創刊にあたり、「聯合報小説賞」を中断する。「聯合報小説賞」授賞式兼『聯合文学』創刊記念パーティーの席で、『聯合報』発刊者の王惕吾は、『聯合文学』創刊の理由を、「現代の新聞は大衆文化の産物であり、紙幅制限がある。副刊の内容は大衆の興味を対象としたものであり、ときにハイレベルの文学読者の需要を完全に満たすことはできない」[35]と述べた。こうして聯経グループの文学の重点と資金は新聞から雑誌へ移っていく。一方、『中国時報』では引き続き文学賞が維持され、一九八六年には、軍人である父親が時空を旅して自分の死後の評価を見てしまう張大春「将軍碑（将軍の記念碑）」が一位を獲得した。戒厳令解除の年である一九八七年には、葉石濤『台湾文学史綱』が文学特別貢献賞を授与され、朱天心の小説発表中断を経た後の第二作目である「十日談」が佳作を受賞している。

## 三　二大新聞の文学賞――「聯合報小説賞」を中心に（一九八八～八九年）

『聯合文学』の創刊をもって、聯経グループの文学は雑誌『聯合文学』に集約されていくかに思われた。だが、戒厳令解除翌年の一九八八年、「聯合報小説賞」は復活する。再開時の募集要項には、「一九七六年から八四年までの九年間を第一段階とし、戒厳令解除後、両岸文化交流は日々盛んになり文学発展も新しい相互関係の第二段階に入った。…（中略）…全世界の中国人を鼓舞し、文学の新紀元を拓こう」とある。そして、新しい試みの一つとして「大陸地区短篇小説推薦賞」が設けられた[36]。また、当時、編集長の瘂弦は、「『聯合報小説賞』をイギリスのブッカー賞のような世界の文学賞にしたい」と、野望を語っている[37]。

二大新聞の文学賞受賞者には、李昂・朱天心・朱天文・平路・張大春ら一九五〇年代生まれの作家たちが多い。副刊の読者の中には、同年代の作家予備軍たちも多かったのではないかと推察される。

第一章で述べたように、彼らが生まれた一九五〇年代、体制イデオロギー支持を標榜する多くの雑誌が創刊され、文学における新たな読者・作者の登場が渇望されていた。当然、学校教育においても読者・作者が量産される。例えば中国青年反共救国団及び救国団各県市団委員会はそれぞれ中国民族意識の覚醒と発揚、及び大陸時代の戦闘経験の総括と伝播のため青年雑誌を創刊し、反共文学・戦闘文芸を提唱し、大量に発行した。(38) その後青年雑誌は、次第に反共色を薄めつつ、一九七〇年代以降、文芸創作の発表メディアとなっていくが、学校を介し中高生全員に強制的に定期購読させるなど依然として大量に発行され続けた。(39) こうした文学のあり方が、救国団という党国体制を維持する担い手を育成する目的を持った国家組織と学校との連携により、数十年にわたり中高生・大学生に提供され続ける。その結果、作家・作家予備軍・読者を量産し、文学のインフラストラクチャーが作られたとも考えられる。こうして育てられた者たちが、副刊の読者であった。そして、この文学教育の救国団側の中枢にいた人物が、救国団の青年文芸雑誌『幼獅文芸』の編集長を一九六九年から八一年まで務め、一九七七年一〇月から九七年まで『聯合報』の編集長を務め、『聯合文学』を創刊した瘂弦である。

『聯合文学』という文芸総合雑誌は確かに成功した。だが、文学が本来の意味で文学愛好者のものになるには時期尚早だった。一九八〇年代末、文学読者は反共イデオロギーによる国策に基づいて育てられた、いわば水増しされたものにすぎなかった。副刊は、政治的な、商業的な、時事的なものとして企図されたものでしかなく、十全な意味で文学の場としての力を持っていなかったことが、この「聯合報小説賞」の復活により看取できる。

復活した一九八八年の「聯合報小説賞」で一位を獲得したのは、黄鳳桜「売家」であり、不動産が高騰する八〇年代の台湾において離婚した寡婦が息子を育てるために家を売るという、生きることの困難を描いた社会風刺的な作品だった。そして、第一回「大陸地区短篇小説推薦賞」には、莫言「白狗鞦韆架（白い犬とブランコ）」が選ばれた。(40) また、この年、初めて同性愛小説「開刀」が佳作に選ばれている。その後も「聯合報小説賞」において、同性愛小説の受賞は続く。九〇年は李岳華「紅顔男子」が佳作を受賞、九一年には、曹麗娟「童女之舞（童女の舞）」が一位に輝いた。九五年には紀大偉「膜」が一位を獲得、「時報文学賞」においても邱妙津「鰐魚手記（ある鰐の手記）」が「特別推薦賞」を授与されている。

許剣橋「九〇年代台湾女同志小説研究」[41]によれば、同性愛小説の発表作品数は、「六〇年代・八編、七〇年代・一三編、八〇年代・一六編、九〇年代・二一五編」であり、一九九〇年代に急増している。もちろん、同性愛小説の経典である白先勇の「孽子」が一九八三年に既に出版されており、同性愛文学は九〇年代に突如生まれたものではない。九〇年代は、外省人第二世代、原住民、馬華（マレーシア華語系華人）などあらゆる新しい文学が生まれた年代でもあり、同性愛小説はその文学の多元化のひとつだと見なすこともできる。同時に、この同性愛小説の急激な増加は、「聯合報小説賞」が文学賞をもって同性愛小説を肯定したことが大きな要因だったのではないかと思われる。「時報文学賞」が政治小説や郷土文学に文学賞を与え、それらを肯定し、主流派の文学としたように、同性愛小説を周縁から主流派の文学へと仕立て上げたものこそ、「聯合報小説賞」だったのではないだろうか。

一九八九年には、米国の台湾化を描き、台湾の現状を揶揄したSF政治小説、平路「台湾奇蹟（奇跡の台湾）」が一位を、韓少功「謀殺」が「短編小説大陸地区推薦賞」を受賞した。「台湾奇蹟」も「玉米田之死」と同じく米国を舞台にしたものだが、台湾を風刺した物語である。九〇年代を目前とし、「聯合報小説賞」は、賞を与えて政治小説をようやく肯定するようになった。また、外省人第二世代の平路が書いた「台湾奇蹟」の受賞は、「聯合報小説賞」においても、「台湾」というものをどう書くかということが文壇全体の大きなテーマであるということが承認されたのだと思われる。

# 第四節 「政」の「時報文学賞」と「性」の「聯合報小説賞」
## ――作られる文学思潮

本節では、第三節で取り上げた「時報文学賞」と「聯合報小説賞」について、それぞれの傾向を明らかにする。

### 一.「政」の「時報文学賞」

一九七〇、八〇年代の「時報文学賞」を概観すると、第一回目は農村の苦境を描いた郷土文学の宋沢莱「打牛湳村 笙仔和貴仔的伝奇（笙仔と貴仔の物語 打牛湳村）」が受賞、第二回目は台独（台湾独立）組織に入った頼索の人生を描き台湾の社会を風刺した黄凡「頼索（頼索氏の困惑）」に一位を与えるなど、政治的な社会批判精神を持った作品が、選ばれてきたことがわかる。

一方、前述した林耀徳が指摘しているように、二大新聞の文学賞が共に政治文学の発展に影響を持ったわけではなく、批判精神に満ちた政治小説や郷土小説に文学賞を与えてきた「時報文学賞」に比べ、初期の「聯合報小説賞」は、政治小説や郷土文学に対して、保守的な態度を取って選考を行ってきたことがわかる。例えば、郷土文学論争後、張子樟「老榕」（一九七八年）や蕭麗紅「千江有水千江月」（一九八〇年）など郷土を描くという広い意味での郷土文学を受賞作に選んではいるものの、これらは決して社会批判精神を内包した作品とはいえない。また政治小説として初めて受賞した平路「玉米田之死」（一九八三年）は、台湾ではなく米国を舞台にした作品であった。

とはいえ、「時報文学賞」の受賞作に見るような鋭い批判精神を含んだ郷土文学や政治小説の受賞こそないが、初期の「聯合報小説賞」が、当時の社会状況を完全に無視していたわけではないこともわかる。むしろ、郷土文学・政治文学に対して、肯定も否定もせず、非常に慎重に、絶妙に対処してきたといえるのではないか。その後、戒厳令解除後に再開された「聯合報小説賞」においては、「売家」や「台湾奇蹟」といった「台湾」の現状を風刺的に書いた作品が選ばれており、戒厳後、「聯合報小説賞」が政治小説に対して門戸を開き、肯定するようになり、結果として、二つの文学賞には次第に差がなくなっていった。

## 二.「性」の「聯合報小説賞」

第三節で論じたように「聯合報小説賞」は、フェミニズム小説や同性愛小説に積極的に賞を与えてきた。本土派の台湾文学史が出版され始めた戒厳令解除後、郷土文学論争は台湾文学史における最重要事項として扱われている。[42]その台湾文学史において郷土文学論争の影に隠れてしまったのが閨秀文学現象である。[43]

「聯合報小説賞」では、蔣曉雲[44]「掉傘天」（一九七六年）、同「姻緣路」（一九七八年）、袁瓊瓊「自己的天空」（一九八〇年）、蘇偉貞「紅顔已老」（一九八〇年）、蕭麗紅「千江有水千江月」（一九八〇年）が受賞するなど、一九八〇年以前は、朱西寧を中心とした三三文学集団の作家による多くの閨秀文学が受賞作に選ばれている。閨秀文学の中心的な役割を担っていたのが、三三文学集団であった。戦後の台湾では女性の学歴が外省人を中心に高くなったことが、女性作家の隆盛をもたらしたのであろう。[45]それまでは女性作家はいたものの、女性作家たちがまとまった潮流となることはなかった。[46]七〇年代後半から閨秀文学は女性作家たちによる非常に大きな潮流となったのである。邱貴芬は女性作家の隆盛は、大量生産・大量消費といった社会の変化[47]、並びに「台湾社会におけるジェンダー構造の変化、中産階級女性の就業率の増加[48]」との関係が影響していると指摘している。閨秀文学現象は、七〇年代以降の政治的状況の変化、党国体制から資本主義経済体制への台湾社会におけるヘゲモニーの移行、及び「台湾」ということの解釈が重大関心事となるという社会意識の変化、それを新聞が受け容れて主導的な役割を果たしていくという、まさに過渡期に起こった現象であった。

一九八〇年代に入り、閨秀文学の担い手であった蔣曉雲・蕭麗紅は文壇の主流派から消えていく[49]。だが、「聯合報小説賞」において、平路「玉米田之死」、李昂「殺夫」など台湾文学史上に残るような女性作家による優れた小説が連続して誕生していることを考えると、女性作家の誕生を促し、評価する土壌を作り、閨秀文学の隆盛を導いた「聯合報小説賞」は決して軽視することはできない。また、張誦聖が、朱天文・蔣曉雲・袁瓊瓊の作品について、政治を直接的に擁護したり、批判したりしているわけではないが、個人の視点から歴史的事件を語っている[50]。さらに張愛玲の影響があると指摘し、彼女たち外省人第二世代という経歴そのものが台湾社会の政治的な矛盾の表現であると述べている[51]。閨秀文学は、小説を書く技法についても、閨秀文学が登場する以前の「大きな物語」に対して、個人的なことをもって歴史的なことを書くという新たな論述方法を用いたものであった。「聯合報小説賞」による閨秀文学の肯定は、その後の文学のあり方に大きく影響したと考えられる。

これらの女性作家による小説が商業的に成功していることにも注目したい。八四年の聯経出版の非実用書の売上を見ると、トップ六は、蕭麗紅『千江有水千江月』、蕭麗紅『桂花巷』、李昂『殺夫』、廖輝英『不帰路』、蘇偉貞『世間女子』、蘇偉貞『紅顔已老』であり[52]、全て女性作家の作品である。これらの作品のうち、『桂花巷』以外は、「聯合報小説賞」の一九八〇年から八三年までの受賞作である。また、蕭麗紅『千江有水千江月』は、聯経グループである聯経出版の三〇年史において、三一万部を売り上げて小説部門の歴代売上四位に輝いている[53]。

「聯合報小説賞」は、「時報文学賞」と比較すると、政治的な社会批判精神に対しては保守的な態度を取ってきたことは既に指摘した通りだが、商業的に成功している作品が多いことを見過ごすことはできない。とりわけ女性作家の作品はベストセラーになる確率が高かったことに注目してみよう。聯経出版という出版社をグループ会社として抱える『聯合報』が、「聯合報小説賞」を女性作家の作品に多く与えていることは、偶然ではないはずである。「聯合報小説賞」は、政治や郷土小説に対して慎重な態度を取らなければならなかったからこそ、商業的な成功が予想でき、政治批判を直接的には書かない女性作家の小説や同性愛小説を積極的に評価し、文壇、或いは『聯合報』社内における「聯合報小説賞」の位置を死守し続けたのではないだろうか。その結果が、女性作家の小説や同性愛小説の発展に寄与したと考えられる。

## 第五節　おわりに

本章では、一九八〇年代までの「聯合報小説賞」を中心に、二大新聞の文学賞の変遷を概観し、分析してきた。一九五〇年代生まれの女性作家たちが九〇年代に発表した作品は、他者を主人公として個人の記憶を遡及し「私たち」の「台湾」を創造する文学、それぞれの「台湾」物語を書いた文学であった。これらの作品は、二つの文学賞により肯定された語り、つまり「時報文学賞」が主導した、批判精神を内包する文学をもって政治的な主張を表す政治小説の語りと、「聯合報小説賞」により承認された個人的なことをもって歴史的なことを書く閨秀文学の語りと、二つの語りを踏襲し、生まれた文学だといえるのではないだろうか。

二大新聞の文学賞は、反共という国策文学を主導した中華文芸奨金委員会による文学賞以降の文学賞の空白を埋め、個人の記憶を遡及することを通してそれぞれの「台湾」を語る「私たち」の文学の誕生を誘導したと筆者は考えている。次章では、こうして誕生した「私たち」の文学のテクストを分析する。

# 第四章　戒厳令解除後の「私たち」の台湾文学——李昂と朱天心

## 第一節　はじめに

本章では、戒厳令期の文学教育により育った世代であり、『聯合報』『中国時報』の副刊の文学賞を受賞した作家である李昂（一九五二年〜）と朱天心（一九五八年〜）の作品を具体的に分析する。(1)

私はこの園林を、台湾のものにしたいの、二〇〇〇万人の台湾人のものにね。人民を迫害するようないかなる政府のものでもなくて。

李昂『迷園（迷いの園）』（一九九八年、麦田出版、二七六頁。以下同様）

離れがたい私たち二人は、夢の中で会いましょう……ああ！　眷村の兄弟たちよ。

朱天心「想我眷村的兄弟們（眷村の兄弟たちよ）」（一九九八年、麦田出版、九〇頁。以下同様）

私が捜し求めたのは、あなたの一生だけではない。謝雪紅。あなたの一生、私の一生……私たち女の一生。

李昂『自伝の小説』(二〇〇〇年、皇冠文化出版、三四七頁)

戒厳令解除後(一九八七年)に発表されたこれらの小説は、「私たち」とは何者であるかを挑発的に宣言する。国民党中華民国の覇権に対抗して台湾本土派の「私たち」の物語を書いた『迷園』、台湾本土派の覇権に対抗して眷村(外省人集落)生まれの外省人第二世代の「私たち」を書いた「想我眷村的兄弟們」、陳芳明『謝雪紅評伝』の男性による覇権的エクリチュールに対抗して女性によるエクリチュールで書いた『自伝の小説』、これらの作品では、作家は対抗すべき対象を明示的に書き込み、そうすることで、「私たち」を他者化し、他者なる「私たち」の物語を紡ぎだす。

物語はフィクションであるにもかかわらず、その中で語られる「私たち」は作家に限りなく近く、そのためテクストの「私たち」は作家と同一視され読まれることをまぬがれない。というよりも作家は確信犯的にあえて自己を他者化し、国民党による覇権、台湾本土派による覇権、男性による覇権、それぞれの覇権に対抗する集団的な「私たち」の物語を書き、宣戦布告しているのではないか。読者・批評家は、その宣戦布告を受け容れ、テクストを作家の思潮と同一視して、同調、批判を繰り返す。こうした文学のあり方は、作家或いは作家が創った「私たち」が、対抗する対象といかに密接な関わりにおいて成立しているかということも明示している。

# 第二節　李昂作品に見る戒厳令解除
## ——『迷園（迷いの園）』、『自伝の小説』における「他者」なる主人公

### 一．『迷園』と『自伝の小説』について

本節では、台湾の作家李昂（一九五二年～）の『迷園』（一九九一年）と『自伝の小説』（一九九九年）を分析対象としている。二編はいずれも主人公の記憶を遡及しながら、アイデンティティを追求した長編小説である。台湾において民主化が進み、作家を取り巻く状況も大きく変わった戒厳令解除後、李昂はいかに小説を書き続けたのか、二編の小説を、「他者」をキーワードとして分析していく。本節では「他者」を「社会的に阻害されている存在」と規定し、論を進めていく。

### 二．「他者」なる主人公——『迷園』一

『迷園』は、一九八六年から九〇年にかけて執筆された、李昂にとって初めての長編小説である。『中国時報』に九〇年八月一八日から九一年三月一一日まで連載（全一八九回）後、同年三月に貿騰発売より単行本として出版された。小説は、台湾の旧家に生まれ、留学経験のある女性朱影紅を主人公に、日清戦争後の日本による植民地支配、第二次大戦後の国民党による強権支配を経て、現在の民主体制に至るまでの、一世紀の台湾の歴史を背景としている。

一九五〇年代と七〇年代の二つの時間軸が交錯する中で、フラッシュバック、一人称と三人称の文体の混用が注目されると共に、大胆な性描写も話題をよんだ。

本書は三部構成で、「わたしは甲午戦争の末年に生まれました……」で始まる。これは主人公朱影紅が九歳のときの作文に書いた自己紹介で、王徳威も指摘しているように、(2)九歳の朱影紅が故意ではなく無意識に書いた結果、間違えたものである。甲午戦争の末年とは台湾が日本に割譲された一八九五年である。朱影紅が生まれたのは一九四〇年代だと推測されるため、「甲午戦争の末年に生まれ」ることはあり得ない。しかし作家は故意に九歳の主人公に歴史を誤認させ、(3)私たちに「『私』と『台湾史』の二者を混同させ同一化(4)」させる戦略をとった。それについて王徳威は「かえって朱影紅（及び彼女の台湾同胞）が長い間抑圧されてきた政治的な潜在意識を露わにされた(5)」と指摘している。さらに彭小妍は「『迷園』のストーリーでは多くのディティールが造られ、朱家の「ハイブリッド」の伝統を強調している、例を挙げると、主人公の祖先は『山地人、オランダ人の血統の福建移民の末裔である』(6)」と述べている。このように『迷園』には、主人公と台湾の歴史とを重ね合わせるような記述が随所に見られる。また叙述形態も一様ではなく、三つの叙述形態——三人称、主人公による一人称、及び父親からの手紙——をとっている。時間軸は七〇年代と五〇年代前後が交錯している。

こうした叙述形態の混用は、李昂にとっては、『迷園』が初めての試みではなく、「一封未寄的情書（G・Lへの手紙）」（一九八四年）で既に用いられているものの、大半が三人称で語られている中で一人称体描写が効果的に使われている作品は『迷園』が初めてである。

以下の引用部分は、主人公朱影紅が恋人と別れた後、「もう二度と彼に会えないのだろうか」と恐怖に襲われる場面であるが、時間軸の移動が最も激しく、さらに一人称と三人称とが交錯している。なお、AからKの記号は人称と時間軸の変化を区別するために筆者が付したが、CからHについては省略して人称と時間軸についてのみ後述する。

A　あの人が本当にもう行ってしまうというとき、私はさよならも言わないで、ドアを閉めて中に入ってしまったけれど、そのとたん急にもう一度あの人の姿を見たいという思いに駆られて、その思いがこらえ切れなくて、階段を駆け上がりよろめきながら二階の道路に面した部屋の窓まできたのだ。……せめてもう一度見なくては。……つま先で精一杯背伸びをしても、塀はやはり高く立ちはだかっていた。もしかしてもう二度と彼に会えないのだろうか。

B　朱影紅六歳、菡楼の窓際の紫檀の椅子に立って、二階の窓から外を眺めていた。夜、真っ暗な中、手に提げた丸い懐中電灯の光が動き園内をくまなく照らしていた。あたり一面は暗く、人は大勢いたが、みな知らない人たちばかりで、ただ闇夜にとけあいゆらめく影だけがあった。…（CからHまで省略）…

I　長い間ずっと悪夢となって纏わりついていた父の逮捕や、あの記憶に現れる心を打ち砕かれた父のきまってひどく暗い不安な表情、そしてそれに続く父に二度と会えなくなるという恐怖、もしそれら全てが一つの真実ではない記憶によって引き起こされていたのだとしたら、こんなにも長い間感じていた、父を引き止めておくことなど無理で、ただ目の前から消えてゆくに任せるしかないのだという喪失感、こんなにも長い間つきまとっていた傷の痛みは、何もかもが実のないあがきだったというの。

J　朱影紅はふっとため息をついた。…（中略）…まず感じたのは、ついに重荷から解放されたという安堵感であったが、その後でたちまち別の恐怖にとらわれてしまった。

K　林西庚がもう行ってしまったのか、まだ塀の外にいるのか。（傍線は筆者、以下同様。八九～九一頁）

引用した箇所のA～Kの時間軸と人称を整理すると、A（一人称・七〇年代）、B（三人称・五〇年代）、C（三人称・五〇～七〇年代）、D（三人称・七〇年代）、E（一人称・五〇年代）、F（三人称・七〇年代）、G（一人称・七〇年代）、H（三人称・七〇年代）、Ｉ（一人称・七〇年代）、Ｊ（三人称・七〇年代）、Ｋ（一人称・七〇年代）となる。小説の大半は三人称だが、引用箇所では、一人称と三人称とが交錯している。というよりも、七〇年代の一人称描写の中に、五〇年代の三人称描写が組み込まれていることに気付く。

恋人を見送り一人家に残った主人公は、恋人を一目見るため、二階の窓から眺めたとき、「もう二度と彼に会えないのだろうか」と恐怖を感じた。

恋人との別れには寂しさや切なさを感じるものだが、主人公は恐怖を感じている。この恐怖を感じさせる媒介となったのが、二〇年前の「六歳」のときに二二八事件で父親が逮捕されたときの夜にも、「菡楼の窓際の紫檀の椅子に立って、二階の窓から外を眺めていた」身体的記憶である。恋人との別れに、「二階の窓から外を眺めていた」という身体的記憶が突然到来し、「もう二度と彼に会えないのだろうか」と恐怖を感じたのだ。(7) しかし本書にはこの恐怖を呼び起こさせる二二八事件という語が使われてはいない。李昂がこの固有名詞を使わなかったのは、二二八事件ではなく、その後の白色テロを書いたからなのかもしれないが、二二八事件という歴史的な記号をなぜ使わなかったのだろうか。一九九〇年には、民衆の要求に応じて、政府は既に二二八事件の調査を始めており、(8) 二二八事件は禁忌の語ではなかったはずである。だとすれば李昂は意識的にこの固有名詞を使わなかったと考えられる。

この別れの場面を整理してみよう。別れに恐怖を感じているのは、三人称で書かれた父親が逮捕された二〇年前ではなく、一人称で書かれた現在である。二二八事件そのものではなく、二〇年の歳月を経ても到来する恐怖を書くことを通して二二八の暴力性を書いているのである。意識的に固有名詞を書かず、一人称で個人の記憶を書き、現在も二二八の恐怖の記憶を持つ者こそ私たちであるという集団的記憶を書いたのだ。

このように小説というフィクションの中で、主人公の個人の記憶を遡及することによって、集団的記憶を書こうとしたのは、『迷園』の主人公が、既存の記録の中に自分の記憶が記されていない社会的「他者」であったからである。

『迷園』は、日本や国民党に支配され、日本や中華民国の歴史しか知らず、自らの記憶を公に語ることのできなかった一九八〇年代の台湾人という「他者」が自己のアイデンティティを追求した物語なのだ。

## 三．「他者」の喪失――『迷園』二

### （一）『迷園』における「他者」の喪失

『迷園』は新聞連載後、一九九一年に単行本として出版された。単行本の序文に李昂は次のように書いている。「『迷園』は中国時報連載では、数箇所削除されています。出版された単行本こそが、全文です」（六頁）。この序文を読んだとき、李昂或いは編集者が新聞社の立場を考慮して、新聞連載においては政治批判や性描写の部分を削除したのだと筆者は推断した。ところが単行本と新聞連載を対照した結果、異なる箇所が七〇〇以上あった。

次の引用文は、主人公が自分の家の庭園を基金会に寄付した『迷園』の最後の場面である。恋人の「『菡園』を政府に寄付すれば」（二七五頁）との発言に主人公が答えている。

「父の花園を、父を迫害した政権に寄付しろというの？」

ことばを切り、それからきっぱりと言った。

「できないわ」

「みんな過ぎた昔のことだよ。今さら何を言ったってしょうがないじゃないか」、林西庚の口調は珍しくひどくやさしかった。

「そう、その通り！　みんな過ぎたことね。だからこそ私はこの園林を、台湾のものにしたいの、二〇〇〇万人の台湾人のものにね。人民を迫害するようないかなる政府のものでもなくて」

引用文の傍線部分は政治批判の記述だと判断できるが削除されていない。明らかな政治批判部分が削除されておらず、性描写も一箇所を除いて削除されていなかった。新聞連載の削除の基準は、政治批判や性描写によるものではないと判断できる。単行本部分に新聞連載のものから削除されている部分があることもわかった。したがって単行本は、単純に新聞連載時の削除部分を補った完全版ではなく、作家が意識的に訂正を加えた改訂版であると解釈できる。

新聞連載分と改訂された単行本とを比較対照した結果、大半が次の三つに関する改訂であった。第一に、日本文を中文に改訂、例えば「お父様」を「父親」に改訂、第二に、英文の加筆、例えば「Magic Mountain」（二一八頁）、「Beaujolais 紅酒」（二二五頁）、「Limousine」（二二七頁）など、第三に、台湾についての記述の変更が挙げられる。台湾の記述の変更について具体的に例を挙げて見ていきたい。まず、次に引用する二つの文は、新聞連載、単行本共に見られた台湾の記述である。

母親は翌年の秋、父親の死から一年経たないうちに亡くなった、台湾に残っていた朱影紅だけが臨終のとき傍らにいた。（二三九頁）

常緑の台湾中部は、一年中草木が勢いよく生長している。（二四〇頁）

「台湾に残っていた」と「常緑の台湾」の「台湾」は、いずれも地名の台湾である。こうした地名としての台湾と比較すると、先に引用した「台湾のものにしたいの、二〇〇〇万人の台湾人のものにね。人民を迫害するようないかなる政府のものでもなくて」の「台湾」は、当時の政府に対する「他者」としての政治的台湾であるといえる。『迷園』にはこうした「他者」なる政治イデオロギー的「台湾」が多く現れる。次の「台湾」が該当する。

それから、あの鼻をつく花の香の中、父親はこれ以上ないくらい慎重に厳粛に朱影紅をじっと見つめながら、一言ずつ区切って言った……
「綾子、覚えておきなさい、台湾はいかなる場所のコピーでも、いかなる場所のミニチュアでもない、台湾は台湾だ、美しい島だ」（一一四頁）

次に引用する文章は、いずれも新聞にはないが単行本で加筆された箇所、また新聞から訂正された箇所である。

新聞　なし
単行本　政府の抑制措置で、不動産の価格があからさまに下がり始めると、この牽引車にはもう新たな景気を作り出し推し進める力はなく、経済全体を衰退に導くだけではないかという懸念がさっそく生まれた。しかし、あの島は過去にもしばしば突然襲いかかる台風や地震に持ちこたえたように、あの島は経済もかなり柔軟性に富み、狂乱的上昇、坂を転げ落ちるような下落にも、同じように対応する能力があるようだった。
専門家たちは、もし他の地域であれば、不動産の高騰暴落というこれほど急激な変化には耐えられず、経済全体が大きな打撃を受けずにはいられなかっただろうと騒ぎ立て始めていた。こうしてこの島の経済は、貿易によって奇跡的な経済成長を遂げただけではなく、急激な景気後退にも耐えうるところまでその奇跡を延長させていた。（二五二～二五三頁）

ここでは、「台湾」とは直接記述していないが、「他の地域」と対比し、台湾を「あの島」と称して相対的に捉え、その島国台湾のあり方を自然災害への耐性や経済成長を例に挙げて肯定的な視点で書いている。さらに、その台湾の経済的成功を肯定的に書くことで、主人公を自立した存在として肯定的に暗示しているのみならず、地域としての台湾を自立した存在として肯定的に描写している。

続いて、二つの衣服の描写を見ていこう。

新聞　彼は中国服（原文・唐装）を着用し、白い袖を折り返して遊び人風に着こなしており（『中国時報』一九九〇年一〇月一四日掲載）

単行本　彼は台湾式シャツ（原文・本島衫）を着用し、白い袖を折り返して遊び人風に着こなしており（一一五頁）

新聞　なし

単行本　母親の全身黒ずくめの洋装は、立ち襟のジャケットに膝丈のスカートという昔風のデザインだった。今まで母親がチャイナドレスを着ているのを見たことがなく、台湾式の服を着たのもほとんど見たことがなかった朱影紅は、この服にはおそろいの帽子が付いていたのを憶えていた。（一三五頁）

主人公の恋人の衣服について書かれた最初の引用文は、新聞では、「中国服」だが、単行本では「台湾シャツ」に書き換えられている。続く引用文は、主人公の子どものころの記憶を元に書かれた母親の衣服について書かれているが、新聞ではなかったが単行本で増補された部分である。注目したいのは、朱影紅の母親がチャイナドレスは全く着なかったが台湾式の服は少しは着たという仔細な事実を提示することで、台湾のエスニシティを強調していることではなく、台湾のエスニシティを中国のものと意識的に書き分けていることである。だとすれば、主人公の恋人の衣服の描写を書き換えたのも、台湾のエスニシティを強調するためだと解読するよりも、衣服が文化的エスニシティを表す記号であることが、台湾本土化が進む中、改訂という再認識作業において意識化されたと解読できるのではないだろうか。

再度整理してみよう。改訂前、新聞連載上の『迷園』の「台湾」は、単なる地名あるいは政治的イデオロギーとしての「他者」の記号でしかなかった。だが改訂後の単行本における「台湾」は、内部矛盾を含んだ文化やエスニシティを表す記号として捉えられていると看取できる。このような変化がもたらされた要因は、「台湾」が政治的文化的「他者」ゆえに持っていた政治的な批判性が、現実の台湾において、民主化が進む中で急激に高まり、その後急激に失われたことによると考えられる。一九九〇年から九一年にかけて行なわれたと考えられる、こうした改訂作業、記憶の書き換え作業に、当時の台湾の激動、そして「台湾」という言葉に付与される意味と価値の目まぐるしい変容が感じられる。同時に、作家の激動する台湾に対する鋭敏な感性、また、台湾に生きる人々の記憶として記載すべきものが作家の意識において変化していく軌跡が読み取れる。『迷園』の主人公の「他者」性が実社会の変化により消失していく中で、このような改定作業は行われた。この改訂作業に、『迷園』が、いかに現実社会の関わりの中で書かれたテクストであるかということ、また、文学が、現実社会と至近距離に位置するという台湾の文学のあり方の一端も看取できるというものだ。

### （二）李昂における台湾の民主化と文学

次に李昂の小説以外の言葉である『迷園』序文と、翌年になされたインタビューを見てみよう。

『迷園』序文（一九九一年）

私個人について言えば、何よりも大切なのが、自分たちの人民のために書くということ。もし、まずこの二〇〇〇万人の台湾人のために書くのではなく、空しく自我を膨張させて、人類全体のための創作などと考えているならば、それはやはり、地に足をつけていないのです。（六頁）

インタビュー（一九九二年四月二日　聞き手・藤井省三[9]）

明らかな影響が出てくるのは、もう少し時間が経ってからのことだと思います。小説というのは書くことそのものに時間を必要とするからです。ただし、政治的な題材の処理については、面倒がだいぶ減ったのは事実でしょう。わたしが『迷いの園』を書き始めた時はまだ戒厳令の時代でした。これはこう書いてはいけない、あれはああ書かなくてはいけないと、いろいろ神経を使ったものです。

戒厳令解除後、文学に問題点が生じてきたこともお話しておきましょう。作家が作品を書こうが書くまいが社会的にたいして意味を持たなくなってきたということです。ある社会問題をテーマに小説を書いたとしても、一、二年かけて書いている内にその問題自体が問題でなくなってしまう、という状況になってきたのです。小説家などよりコラムニストがより迅速に社会の動きに対応できる時代になったのです。[10]

李昂は『迷園』執筆以前から呂秀蓮や施明徳らと交流があり政治に全く興味がなかったわけではないと思われるが、李昂が小説で政治的なテーマを扱うようになったのは、邱貴芬との対談で「政治があなたの小説に正式に現れたのは、『迷園』でしょう」という邱の問いに対して、「そうです。それまでは全く書こうとは思わなかった」[11]と応えているように一九九〇年発表の『迷園』からである。『迷園』序文に「自分たちの人民のために書く」「台湾人のために書く」

と作家としての使命を明言している。しかしそのわずか一年後「作家が作品を書こうが書くまいが社会に対して意味を持たなくなってきた」と語っている。

小説に政治を書いた『迷園』以降、李昂は作家としても現実社会と無関係ではいられなくなり、急激な民主化の進行によって作家としてのあり方を複雑にしていったと思われる。だが李昂は小説を書き続ける。以上のことを踏まえ、次に『自伝の小説』について分析していきたい。

## 四．「他者」なる主人公の創造——『自伝の小説』

『自伝の小説』は、皇冠叢書として一九九九年に旅行随筆である『漂流之旅』と同時出版された。台湾の女性革命家謝雪紅（一九〇一～七〇年）の伝記を基に、謝雪紅の生涯を編年体で綴った陳芳明『謝雪紅評伝』を意識して書かれた小説である。「自伝」と「小説」という二つの文学ジャンルを「の」という日本語で繋いだこの小説は、謝雪紅という実在の台湾の女性革命家の物語を伯父から伝え聞く「私」という語り手による物語であるが、語り手は、ときに謝雪紅に重なり合うなどその語りは重層的である。

邱彦彬は「日本統治時代の左翼伝統がほぼ完全に断絶してしまった現在、謝雪紅を主体とした『自伝の小説』は、台湾のここ十数年の左翼史を洗い出した成果の一つであると見なすことができる(12)」と指摘して左翼史研究として評価し、藤井省三は「連綿と続く家父長制の中にあって格闘する女たちの集団的記憶(13)」というようにフェミニズムの視点から評価している。

この小説の主人公である謝雪紅は実在の人物であり、一九〇一年生まれ、台湾共産党創設者の一人である。邱彦彬が彼女の社会的評価について「当時日本植民政府と後の国民党政権など右翼勢力による圧制の下、台湾共産党は次第に忘れられた存在となり、歴史の瓦礫の下に埋没し、歴史家の救済をじっと待つことになった」[14]と述べているように、謝雪紅は台湾において長い間タブーであり、社会的に「他者」であった。しかし戒厳令後の民主化に伴い、一九九〇年に古瑞雲が『台中的風雷』を、九一年に陳芳明が『謝雪紅評伝』を出版するなど謝雪紅に関する書籍も次第に出版され、もはやタブーではなくなった。それどころか台湾史における重要人物として語られるようになっていった。少なくとも『自伝の小説』が出版された九九年の台湾では、謝雪紅はもはや「他者」ではなかった。

では、小説『自伝の小説』の謝雪紅は誰にどのような存在として語られているのだろう。

『自伝の小説』では三人称と一人称の二つの人称が使われている一人称の主は、語り手または「謝雪紅」であるが、両者が重なり合っている箇所、また特定が困難な箇所もある。加えて謝雪紅についての伝記の一部が引用され、『自伝の小説』の語りは重層的である。

語り手に最も影響を与えるのは三伯父である。三伯父の語りによって、語り手にとって「『謝雪紅』の三文字は三伯父が幼いときからわたしに対する脅し文句の切り札のような名前だった」（一八頁）。この三伯父について、藤井省三は「儒教的家父長制に忠実で滑稽なほどに男尊女卑主義を振りかざす伯父」[15]と評し、上野千鶴子は「謝雪紅と同時代人として設定され、台湾土着の陋習と保守の心情の代弁者であり、謝雪紅をスキャンダルのうちに葬り去った『多数派』のシンボルとしての『三伯父』は、文中、繰り返し登場して、ギリシャ悲劇のコロスの役割をひとりで果たしている」[16]と指摘している。先行研究の指摘通り、三伯父は次のように女性蔑視発言を繰り返し、謝雪紅を批判して語り手を脅す。

「女にとって生死は小事、大事は貞節。昔から烈婦貞女は、死んでも貞節を守り通し、生きて辱められることを恐れたものだ。女にとって貞節こそが一番大事、戦乱の時こそそれがわかるというものよ」（七二、七三、七六頁）

「謝雪紅のような女は昔の妲己《だっき》や褒姒《ほうき》とだけ比べられる、まさに『女は禍だ』、間違いない」（二七五、二七八頁）

瀬地山角は台湾の家父長制は厳格なものではなかったと指摘しているが[17]、当時の台湾の家父長制度がどういったものであったかにかかわらず、『自伝の小説』では、作家は三伯父を「儒教的家父長制に忠実で滑稽なほどに男尊女卑主義を振りかざす」人物として設定している。語り手は、この三伯父の「女は禍だ」という女性蔑視の思想と共に、三伯父の語りによって「妲己や褒姒と同じ悪女たる」、「他者」なる謝雪紅に出会う。

作家は、現実社会において既に「他者」ではない謝雪紅を、三伯父の言葉をもって儒教的家父長制社会における「他者」として書き換えた。つまり、『自伝の小説』では三伯父の語りが謝雪紅を「他者」へと置き換える装置として機能しているのだ。よって物語の終焉において三伯父が死去すると（三四二頁）、謝雪紅を「他者」化する装置がなくなり、『自伝の小説』は次のように終わる。

思い通りではないとしても、三伯父は少なくとも故郷の地に埋葬された。しかしあなたは？　謝雪紅、あなたの故郷に埋葬してほしい願いは、海峡両岸に隔てられた現実の政治の状況下、とても実現しそうにない、たとえ魂魄が帰ろうとしても、千山万水深海に隔てられ、どうして海を渡り帰郷することができようか。

日が西に沈む海峡の果てを望みながら、涙がとめどなく流れ落ちた。私はこらえきれず小さな声で叫んだ。

謝雪紅。

私が捜し求めたのは、あなたの一生だけではない。

謝雪紅。

あなたの一生、私の一生……

私たち女の一生。（三四七頁）

三伯父の語りにより「他者」化された謝雪紅は、語り手にとって「他者」なる第三者の「彼女」にすぎなかった。しかし、語り手は、謝雪紅の物語を自ら語ることを通して「他者」なる謝雪紅のアイデンティティを追求し、三伯父の死により「他者」化される装置がなくなった終焉の場では、謝雪紅は「あなた」という二人称で呼びかけられる、向き合える存在となり、「女」という集団的アイデンティティを持った「私たち」仲間となる。語り手にとって、謝雪紅は「他者」ではなくなるのだ。

三伯父という謝雪紅を「他者」化する装置がなくなり、語り手にとって謝雪紅が「他者」でなくなると同時にこの物語は終わる。

## 五.「他者」なる主人公の台湾女性物語

『迷園』の主人公朱影紅は、ときに「台湾」と同一視され設定されていた人物である。『迷園』執筆時は「台湾人」が現実社会において社会的に「他者」であったからこそ、小説というフィクションにおいても台湾人である主人公は個人の記憶を遡及し、私たち「台湾人」の集団的記憶を書くことが必要であった。小説の目的はもくろみ通りに達成し得たかに思われる。しかし小説というフィクションでしかなし得なかったはずの「台湾人」の集団的記憶の創出が、台湾本土化を通して現実社会で起こる。

一方『自伝の小説』における主人公謝雪紅は、数十年にわたり歴史的に抹殺され続けたが、『自伝の小説』が出版された一九九九年の台湾では台湾史における重要人物とされ、既に社会的に「他者」ではなくなっていた。そこで小説において作家は意識的に謝雪紅を「他者」として設定し直す必要があり、語り手の三伯父なるものの男尊女卑的な語りを用いることで男尊女卑下における「他者」なる謝雪紅を作り上げたのであろう。物語の終焉での三伯父の死は小説における謝雪紅を「他者」化する装置の瓦解でもある。よって語り手は謝雪紅を「他者」なる「彼女」ではなく、「あなた」或いは「私たち」仲間として呼びかけることができるようになった。語り手にとって謝雪紅は「他者」ではなくなったのだ。謝雪紅を「他者」化する三伯父という装置がなくなり、語り手にとって謝雪紅が「他者」でなくなると同時に物語は終わる。

政治を小説に書いた戒厳令解除後の李昂の小説は、「他者」なる主人公なくして成り立たない。なぜなら、『迷園』と『自伝の小説』は、「他者」なる主人公のアイデンティティ追求の物語であるからだ。

## 第三節　朱天心「想我眷村的兄弟們（眷村の兄弟たちよ）」に見る限定的な「私たち」

### 一．「古都」について

「まさか、あなたの記憶が何の意味もないなんて……」これは、朱天心「古都」の導入部分である。

「古都」は、一九九七年に麦田出版より「当代小説家」シリーズ第六冊として出版された。九七年度の行政院新聞局「図書出版金鼎賞」「中国時報十大好書」「聯合報最佳書賞」を受賞、第二一回「時報文学賞特別推薦賞」も受賞した。日本でも清水賢一郎の訳により二〇〇〇年に国書刊行会より「新しい台湾の文学」シリーズの一冊として刊行された。

主人公は中年女性の「あなた」であり、二人称語りの小説である。川端康成の同名小説『古都』の双子の物語をモチーフに、異国の京都と日本占領下の台北を双子の都市として、京都の永遠性と台北の刹那性を対比させて描いている。

この冒頭の「まさか、あなたの記憶が何の意味もないなんて……」について、黄英哲は「いわゆる『大歴史』への問いかけであり、『大叙述』をひっくり返そうという意図もはっきり示されている」「決して誰の記憶に意味があるのかなどと言明はしていない。『皇民精神』を注入した日本政府の記憶なのか、『反共抗ソ』を注入して祖国大陸の山河を光復させようとした国民政府の記憶か、それとも『愛台湾』を植え付けようとした本土論や政治権力を有する政府の記憶かといったことは言わないのだ」[18]と指摘している。また訳者の清水賢一郎が「朱天心文学の核心を構成しているのは、こうした〈記憶〉と〈アイデンティティ〉に対するある種の躓き、そしてそこから発せられる問い直しの姿勢である」[19]、さらに邱貴芬が「全ては朱天心の閉鎖恐怖症と関係あるようだ。（台湾、女性）といった定位がもたらしたかもしれない閉ざされた空間から逃避するために、朱天心は自らを放逐する戦術を選んだ」[20]と指摘しているように、「古都」は新たな台湾本土化ナショナリズムの「大きな物語」に対抗する外省人第二世代という他者による抵抗、というよりは「自己と他者の境界を不断に引き直し、あらゆる時空間から自己と他者との二項対立関係を壊していこうとする」[21]小説として受け容れられた。

一方、黄英哲は「朱天心自身も自ら気付かないうちに、過去の記憶の栄光を守ろうとしている」[22]と指摘している。また梅家玲は「古都」を「これまでの朱の創作における『集大成』である」とした上で、「今日眷村小説の国家イメージ問題について討議する際、最も注目すべきテクストである」[23]、「眷村エクリチュールの積極的な意義を論ずると、年長者の戦争の記憶や郷愁のイメージが再現され、特定の族群文化を作るという継続の意味より、この『原郷』と『現実』の間での離散と移住こそが、サイードのいう『ディアスポラ』の特質のようなものを眷村作家に備えさせている。これらの眷村作家は『ダブルパースペクティブ』を経て互いに透視し、外界と自己に対するより深い観照と反省が可能になり、多面的な時代の変遷と国家の移り変わりの証人になった」[24]と指摘しており、「古都」に見られた「ダブルパースペクティブ」という特質を、眷村生まれの作家の特徴としている。

筆者は、朱天心の眷村出身の作家という特質が、「古都」のようなポストモダン小説をいきなり生み出したのではなく、まず、小説を書く過程で自己と他者を認識する作業が行われ、さらに、眷村を書くことによってポストモダン小説を生み出していったのではないかと想像している。そこで朱天心の作品の中で眷村を最も直接的に描いた「想我眷村的兄弟們」を分析することで、戒厳令解除後の小説、とりわけ李昂『迷園』、並びに朱天心文学の集大成と言われる「古都」を理解する礎としたい。

## 二　眷村と朱天心

眷村とは、「五六年から政府が建設・設置していった軍人家族を集住させた集合住宅区である。眷村は六七年まで一〇期に分けて建設が行われ、この年、全台湾の眷村居住世帯数は八万七二五八戸であり、一家族あたり家族数が平均五人とすると、当時の外省人数の約四分の一が、眷村に居住していたことになる」[25]。

朱天心は、一九五八年、台湾高雄県鳳山の眷村で生まれた。朱天心以外にも、姉の朱天文（一九五六年～）、張大春（一九五六年～）を始め、蘇偉貞（一九五四年～）、袁瓊瓊（一九五〇年～）、張啟疆《けいきょう》（一九六一年～）、苦苓（一九五五年～）、孫瑋芒（一九五五年～）ら眷村出身の作家は多い。彼らのほとんどは一九五〇年代生まれである。眷村生まれの彼らといえども眷村を描くことが唯一の創作手段ではないが、戒厳令解除前後に眷村を描いた小説や随筆を多数発表している。よって彼らはときに「眷村作家」と称されることがあり、眷村を描いた小説は「眷村小説」と呼ばれることがある。

本省人作家たちが台湾本土の歴史を小説に表し、彼らが文学場における主流派となっていく中で、これまで文壇の中心にいた外省人作家たちは周縁に追いやられる。しかし、外省人第二世代作家たちは、周縁となってしまった自分たちの歴史を、親たち外省人第一世代による中国でもなく、本省人たちによる台湾とも異なる外省人第二世代というアイデンティティを獲得し、意識的に眷村を書くことを通して自分たちを表現し、外省人第一世代とは異なる形で本省人たちによる台湾本土論に対抗していく。

こうした外省人第二世代の作家たちは、文学場において新たな勢力となり作品は確かな評価を得た。例えば朱天文「伊甸不再（エデンはもはや）」（一九八二年第五回「時報文学賞」）、張大春「将軍碑（将軍の記念碑）」（一九八六年第五回「洪醒夫小説賞」第九回「時報文学賞」）・「四喜憂国」（一九八八年第一一回「中興文芸賞」）、蘇偉貞「有縁千里」（一九八四年）、袁瓊瓊「今生縁」（一九八八年）、張啟疆「眷村」（一九八五年第五回「全国学生文学賞」）・「消失的球」（一九九二年第四回「中央日報文学賞」）など「眷村小説」が文学賞を受賞していく。(26)

「古都」の主人公も眷村出身であるが、朱天心作品の中で、真正面から眷村を描いたのが「想我眷村的兄弟們」（一九九一年）である。蘇偉貞編集の眷村作品集『台湾眷村小説選』（二魚文化、二〇〇四年）の冒頭作品として所収されていることからも、朱天心作品としてのみならずこの小説が「眷村小説」の代表的作品として位置付けられていることが看取できる。

次に、朱天心について若干解説を加えたい。朱天心は、軍人作家である外省人の朱西寧を父に、日本語文学の翻訳家である本省人（客家系）の劉慕沙を母に持つ外省人第二世代であり、姉の朱天文、妹の朱天衣もそれぞれ文壇で活躍している。夫は本省人（閩南系）である。朱天心が「梁小琪的一天（梁小琪の一日）」でデビューしたのは一五歳のときである。「我記得…（記憶のなかで）」以降は政治的な小説を次々と発表し注目を集めている。朱天心が政治をテーマとして小説を書いたのは、「我記得…」(27)以降だといわれており、一九八四年以降休止していた創作活動再開後の第一作「我記得…」をもって、「それまでの身辺に取材した青春小説作風から一転して、現下の〈状況〉への関心を強め、政治色を濃くしている。そうした作風の変化の背景には」「台湾社会の『本土化』という激しい地殻変動があったと考えられる」[28]と訳者の清水賢一郎は指摘している。朱天心は台北市立第一女子高級中学の同級生でもある邱貴芬との対談で、邱の「一般にあなたの作風に関しては一九八七年出版の『我記得…』を分水嶺と評価したものが多い」[29]「私はあなたの作風の変化には、戒厳令解除が大きな役割を果たしているように思うのですが？」[30]という問いに対し、「私に比較的大きな影響を与えたのは郷土文学論争だろうと思います」[31]、「今思いますに、彼らは文学上の主張をしたのではなく、政治上の主張をしたのでした、ただ私たちは論争の参加には間に合いませんでした。ですが、この論戦は私に大きなショックを与えました。私が党外雑誌を読み始めたのもそれ以降です…（中略）…私の模索過程は一〇年に及んだのです」[32]と答えている。

一九七〇年代、「黄春明・陳映真・王拓・楊青矗らによってリアリズム文学の色彩が強い小説や小説集が続々と出版されると、時局の動揺と相呼応するかのように、台湾の文学場全体が徐々に二つの陣営に分かれ始め、台湾文学はどの方向へ向かうべきなのか、何を台湾郷土文学と呼ぶのかといった問題が論議され始めた」[33]。郷土文学論争については第三章で詳説したが、実際に論争に加わり、郷土文学を発表した者のみならず、当時二〇歳で少女作家として活躍していた朱天心にも大きな影響を与え、彼女の作風を変えていったと思われる。

## 三　「想我眷村的兄弟們」について

「想我眷村的兄弟們」は、一九九二年に小説集『想我眷村的兄弟們』に収録され、麦田出版の創業事業の一環として出版された。[34]朱天心本人をコメンテーターに迎え全国で座談などキャンペーンを行ったことは画期的であった。[35]その甲斐あってか一九九二年にはチェーン書店の先駆けである金石堂書店の最も影響のあった書籍として選ばれている[36]。また同年の「時報文学賞」も獲得した。

王徳威が「朱天心は論文体の「想我眷村的兄弟們」(一九九一年)を独創し、ある族群の消えていく集団的記憶を呼び覚ました[37]」と指摘しているように、この短編小説ではそれまであまり描かれることのなかった消え行く眷村と眷村に暮らす人々を描いたばかりでなく、それらを物語の背景としてではなく中心として描いている。小説の前半では、眷村に暮らす人々の生活とその変遷、また眷村の人々と眷村以外の人々の生活との違いが、語り手「私」によって「彼女」と呼ばれる少女の記憶を通して、淡く切ない青春時代の思い出として断片的に情緒的に語られている。一方後半では、「少女」は「彼女」から「あなた」と呼び換えられる。

## (一) 三人称「彼女」から二人称「あなた」へ

「想我眷村的兄弟們」は語り手「私」による一人称小説である。小説の前半では、語り手の「私」は「彼女」と呼ばれる少女の記憶を通して、眷村での生活を淡く切なくノスタルジックに語る。中国大陸から渡ってきた軍人の集住地として一括りにされがちな眷村も、住人にとっては、中国各省出身者が寄せ集められた、陸・海・空軍、情報機関などの家族が共同生活を行う多様な空間であった。出身地による食べものなど生活習慣の違いや、各軍の置かれた生活や経済状況の違いなどは、江西人・四川人・浙江人・広東人・山東人のげっぷの臭いの違い、また陸軍・海軍・空軍のそれぞれの妻たちの生活習慣の違いとして描かれている。眷村で過ごした日々は、甘美な記憶というよりも、夫が帰ってこない軍人の妻たちの孤独な思い、身寄りのいない老兵に強姦された少女たちのことなど切なくも辛い思い出と共に断片的にノスタルジックに描かれている。

小説はこうした少女たちの切なくも辛い思い出の物語に終始するかに思われた。しかし物語の半分以上が過ぎたところで、次の段落をもって、思い出のセピア色の写真がリアルなカラーの動画に変わるように、過去の眷村での思い出を語ることにのみ向いていた物語のベクトルは、現在へと突き刺さり、物語は攻撃的になる。

本省人の男と結婚した妻たちの中には、生活の中でときおり夫たちとうまくいかないと感じる人も多い——例えば夫たちはどうして記憶の中の外省人の男の子みたいに家事を分担してくれないのだろうか。きっと日本植民地時代の亭主関白の影響に違いないとか。選挙のたびに、彼女は仕方なく国民党の肩を持って夫と論争し、あやうく家庭内紛争になるところだったり——そのため、ときたま、ああ、あの日の眷村の男の子たちはどこへ行ってしまったのと寂しく思い出す女の子たち。私は心からの理解と同情のあまり、あなたたちに指摘せざるを得ない、あなたがかつて、この小さな村を、この土地を、どんなに何としてでも離れたいと思ったか忘れないで、と。あなたは…（中略）…を覚えているだろうか？…（中略）…覚えているだろうか？　あなたは…（中略）…を。（八二頁。傍線及び囲み罫は筆者、以下同様）

張誦聖は眷村文学について「初期は個別の作家の幼いころの思い出の場にすぎなかったが、またたくまに特定の族群——外省人第二世代作家を指す——の政論を発表する議論の場へと変わった」[38]と指摘しているが、眷村文学の大きな転換点が一篇の短編小説、「想我眷村的兄弟們」のこの段落において体現されているといえる。なかでも注目すべきは、「私は心からの理解と同情のあまり、あなたたちに指摘せざるを得ない、あなたがかつて、この小さな村を、この土地を、どんなに何としてでも離れたいと思ったか忘れないで、と」という一文によって、三人称の「彼女」がいつのまにか「あなたたち」の一人「あなた」に呼び換えられ、以降、物語の最後まで「私」は「あなた」を呼び続けることである。これまで遠い向こうにあった「彼女」の思い出は、ただ断片的に語られるノスタルジックなものから、「あなた…（中略）…を忘れないで」、「あなたは…（中略）…を覚えているだろうか？」と忘れてはならない大切な記憶として位置付け直される。

人称の問題について、謝春馨は「決して作者は物語る技術が劣っているのではない。読者は『朱天心』（私）の心の声だとわかっているから、『彼女』であるか『あなた』であるかは重要ではない。いずれにしてもどちらも『私』（朱天心）に違いない！のだから。『彼女』と『あなた』の混同から作者の『焦慮』が露わになっている」[39]と指摘している。しかしこの「彼女」と「あなた」は、混同して用いられているわけではなく、「私は心からの理解と同情のあまり、あなたたちに指摘せざるを得ない、あなたがかつて、この小さな村を、この土地を、どんなに何としてでも離れたいと思ったか忘れてないで、と」を含む一文を通して、「彼女」から「あなた」へ明らかに呼び換えられており、混同ではなく作家が意図的に混同したように書き換えたことが看取できる。

例えば、劉亮雅が「語り手は国民党に対して愛憎半ばという矛盾に満ちた感情を持っており、いったん「他人」が国民党を批判すれば、逆に弁護しないではいられない」[40]と言及しているように、この小説には、国民党、眷村をめぐって消化しきれない複雑な愛憎が書き込まれている。それは、同じ人物を、ここにはいない三人称「彼女」と呼ぶときと、目の前にいる二人称「あなた」と呼ぶときとの違いのように、語り手「私」の立ち位置の揺れを表出しているのではないだろうか。謝が指摘するように『彼女』であるか『あなた』であるかは重要ではない」のではなく、「彼女」と呼んだり、「あなた」と呼んだりするその揺れ、その変化をあえて小説中に表していることが重要なのだ。例えば、本省人の夫が国民党の悪口を言うとき、主人公は次のような複雑な気持ちになると書かれている。

あなたが党を恨む気持ちは、…（中略）…往々にして夫が党を恨む気持ちを遙かに超えている。だが、…（中略）…誰かが全く無責任に、痛快に国民党を非難するのを聞いたら、…（中略）…あなたは党の弁護をしてしまうだろ

う。そして同時に、その人たちが何の気兼ねもなく気がすむまで悪口を言えるのを心底羨むのだ。（八五〜八六頁）

さらに、「彼女」から「あなた」への呼び換えは、小説に流れる時間にも影響を与えた。「あなたは…（中略）…を覚えているだろうか？」と呼びかけられる対象の「あなた」は、ここにはいない過去の「彼女」ではなく、目の前にいる現在を生きる「あなた」であり、「私」と「あなた」の距離は三人称から二人称へとぐっと縮まる。そしてこの呼び換えによって、眷村での生活が、決して一時的に滞在した過去のことではなく、現在の彼女のアイデンティティを決定付けるものであることが露わにされるのだ。

小説は次のように終わる。

> みなさん始めよう（我們開始吧！）。
> びっくりしないで。一軒目の家の裏庭で真面目にウエイトトレーニングに励んでいるのは、そう、李立群だ。息を弾ませる以外何の音も立てていない、だから灯りの下で勉強している隣家の高希均や向かいの陳長文、金惟純、そして趙少康の邪魔になっていない。
> 私たちは声をひそめて通り過ぎる（我們悄声而過）。この何軒かは結構面白い。あのゴーゴーダンスのミニスカートを穿いて英語の歌を練習しているのは欧陽菲菲だ。…（中略）…
> 見とれてないで！　ほら、五軒目の家で小さな電球の下でこっそり小説を読んでいる女の子も可愛い。彼女は張暁風か愛亜、または韓韓あるいは袁瓊瓊か馮青、それか蘇偉貞か蔣暁雲、じゃなかったら朱天文のようだが（年齢順）、とにかく小さすぎて誰だかわからない。
> もちろん物語を読むのが好きなのは女の子だけではない。私たちは一軒とばしてその次の家に行けば、男の子

が本を読んでいるのが見えるだろう。なあに？　蔡詩萍と苦苓の区別もつかないの？　そのどちらでもない、張大春だ。だから私たちはさっさと通り過ぎる。でないと山東弁で悪態つかれてしまう。そう、彼は小さいころからこんな風だったのだ。…（中略）…

九軒目の家では、一人の小玲がお風呂で黙々と身体を洗っている。…（中略）…

一一軒目の家は……

（離れがたい私たち二人は、夢の中で会いましょう）

……

ああ！

眷村の兄弟たちよ。　（八九〜九〇頁）

文中に挙げられている固有名詞は全て実在の人物で、作家や歌手など台湾内外で活躍する眷村出身者、つまり「あの日の眷村の男の子たちはどこへ行ってしまったの」という呼びかけにより捜索される「眷村の兄弟たち」である。これについて呂正恵は「朱の眷村への追憶は白先勇「台北人」に書かれているように、感傷的な美化に満たされ、客観的でないように感じられる。こうした激情と文中に露わになっているアイデンティティの危機の結合は、外省人第二世代が台湾の政局急変後の特殊な体験をしていることを反映している」[41]と評している。次は「私たち」という人称に注目して引き続き検討していきたい。

（二）「私たち」から「私たち」へ

（一）では終焉部分を抜粋したが、次は冒頭部分について考えたい。語り手「私」が「彼女」を通して眷村での思い出を語り出す前に、小説は張愛玲が「沈香屑　第一炉香」において香炉に沈香屑を焚くよう読者に求めたように次のように始まる。

> あなたにお願いがある。この小説を読む前に少しばかりの準備をしてほしい…（中略）…あなたに「スタンド・バイ・ミー」をかけてほしいのだ。そう、映画になったスティーブン・キングの同名小説…（中略）…聞かないのはあなたの損だと思う。では、協力者の読者のみなさん始めよう（我們開始吧）。

小説の冒頭における「あなた」は読者への呼びかけであり、「皆さん（原文・我們。「私たち」の意）始めよう」の「私たち」は読者を含む「私たち」である。しかし（一）で論じたように「彼女」から「あなた」の書き換えにより、語り手「私」と眷村出身の少女「あなた」はあまりに接近しすぎ、冒頭で「私たち」の一人であったはずの読者の入り込む余地はなくなる。小説の終焉部では、「皆さん（私たち）始めよう」と、読者は再び「私たち」の一人であることを求められる。しかし終焉部の最後において、「離れがたい私たち二人は、夢の中で会いましょう。……ああ、眷村の兄弟たちよ（我倆臨別依依，要再見在夢中，……啊！想我眷村的兄弟們.）」と、「私たち」は、語り手の「私」に呼びかけられていた眷村出身の「あなた」に限定され、「眷村の兄弟たち」でない読者は再び置いていかれる。

そして、語り手の「私」は、それまで微妙な距離を持つ他者であった「彼女」を目の前にいる者として「あなた」と呼び換えることで距離を縮め、最後には、「私たち」「眷村の兄弟たち」という集団的アイデンティティを獲得し、「眷村の兄弟たち」の一人として、「眷村の兄弟たち」ではない者たち、本省人や外省人第一世代に対して高らかに外省人第二世代アイデンティティを宣言することにより、ようやく揺るぎない自己を確立するのだ。「古都」のような自己と他者との二項対立の構図を揺るがすポストモダン小説を書く前に、このように徹底的に集団的アイデンティティを創出することで、自己と他者との境界を明確に意識した小説を朱天心は書いていたのである。

## 四．外省人第二世代の限定的な「私たち」の台湾物語

朱天心「古都」はポストモダン小説として内外で高い評価を得たが、本節では、その前段階の作品として「想我眷村的兄弟們」を取り上げて分析した。とりわけ「想我眷村的兄弟們」における人称の書き換えに注目し、「想我眷村的兄弟們」という集団的アイデンティティが確立されていくことについて考察した。

語り手は、物語の中間部において、眷村での生活を語る触媒的存在である少女の呼称を「彼女」から「あなた」へと呼び換えることにより、眷村で育った者は皆、「彼女」と呼ぶような他人ではなく、「あなた」と呼ぶべき至近距離にいる仲間であることを表す。

物語の終焉部において、語り手は「私たち」という呼称を多用する。ここでの「私たち」は、読者を含んだ開かれた「私たち」から、「眷村の兄弟たち」に限定された閉ざされた「私たち」へと変わり、「眷村の兄弟たち」ではない読者は置き去りにされる。私と同じ記憶を共有する者だけが「私たち」であるといった、限定的な「私たち」という集団的アイデンティティの創出を書いてしまう神話的な小説の創出は、台湾における戒厳令解除後の小説に見られる一つの潮流ではないだろうか。

# 第四節　おわりに

本章では、戒厳令期の文学教育によって育てられた二人の女性作家の小説を詳細に分析した。本章で論じた作品を時系列順に並べると、李昂『迷園』（一九九〇年）→朱天心「想我眷村的兄弟們」（一九九一年）→朱天心「古都」（一九九六年）→李昂『自伝の小説』（一九九九年）となる。

李昂『迷園』は、主人公の「私」の記憶を遡求し、台湾人である「私たち」の集団的記憶として台湾の物語を書いた。『自伝の小説』では、女性の記憶を「私たち」の集団的記憶として書いた。そして朱天心は「古都」を書く前に、眷村に生まれた外省人第二世代の「私たち」の集団的記憶として「想我眷村的兄弟們」を書いた。

これらは、戒厳令解除後に発表された小説の中で、文学賞を獲得し、翻訳出版され、幾度も研究対象とされた代表的な小説だといえる。共通しているのは、他者としての「私」の語りが、「自己と他者の境界を不断に引き直し、あらゆる時空間から自己と他者との二項対立関係を壊していこうとする」という「大きな物語」の解体作業であるのみならず、「私たち」という主体の再構築を試みていることである。このあくまで、台湾人・女性・眷村の兄弟たちといった限定的な「私たち」の過剰と思える叫びに、筆者は何度も食傷気味になった。しかしこのような集団的アイデンティティを創造するそれぞれの台湾の物語の創出合戦こそ、台湾の戒厳令解除後の小説の一つの大きな特徴だと考えている。

では、戒厳令解除後、表現の制限がなくなり、ポストコロニアリズム・ポストモダニズムの受容によって多元化した文学が生み出されたにもかかわらず、なぜ一九五〇年代生まれの作家たちは、個別的な「私」としてではなく集団的な「私たち」の記憶の物語を書いたのか。

一九五〇年代生まれの作家たちが学生であった一九六〇、七〇年代、山口守が、「本省人意識を核とした『台湾人意識』と区別されるべきだろうが」とした上で、「外省人第二世代にとって、台湾はもはや故郷と言うべき土地であり、自らを台湾に生きる中国人と認識することで『台湾意識』が育ちつつあり、『台湾意識』にせよ『台湾人意識』にせよ、いずれも台湾という自分が育ち、暮らす土地への帰属意識が、一九六〇～七〇年代に本省人、外省人を問わず若い世代の人々に共有されつつあったことは確かだろう」[42]と指摘しているように、自分たちの生活の地である「台湾」は、政治的にも文化的にも、次第に無視できないものとなっていった。

これまで書かれてこなかった自分たちが暮らす「台湾」を書き表そうという台湾（人）意識の高まりの中で、鄭清文や陳映真ら日本植民地時代生まれの作家によって一九七〇年代になって始められた政治小説の発表とは、これまで表されることがなかった「台湾」の現実を表さんとしたものであり、若林正丈の言葉を借りれば「語られざる部分を形象化」[43]した行為であったと考えられる。植民地時代に生まれ、日本植民地支配、国民党支配の激動の時代を体験した世代にとって、「台湾」は、奪い返すべき絶対的なものであっただろう。また遷台してきた外省人第一世代の作家たちの多くにとって、「中華民国」というものは、自らの存在意義を懸けて守るべき絶対的ものであったと思われる。

一方、党国体制下における文学教育を受けたのみならず、父朱西寧や胡蘭成から多大な影響を受け、少女時代は国民党、「中華民国」に完全にアイデンティファイし[44]、「御用作家」とまで揶揄された朱天心ですら、郷土文学論争に遭遇した際、本土派をただちに批判したものの、作家活動を停止せざるを得ないほどの衝撃を受けた。彼女は数年後、「眷村」に自らの故郷を見い出し、「想我眷村的兄弟們」を書いて、外省人第二世代にとっての「台湾」を捉えなおし、作品化することで作家活動を再開していく。戒厳令期に中華民国という「大きな物語」の中で育った一九五〇年代生まれの作家たちにとっては、「中華民国」は絶対的なものでありながらもリアリティを欠いたものであったということになる。

それればかりでなく彼らにとっては「台湾」もまた相対的なものにすぎなかったのではないだろうか。「中華民国」という虚構性が露わになった戒厳令解除は、そのことを彼らに知らしめた出来事でもあったと考えられる。例えば李昂は、故郷鹿港を離れ台北に進学、米国へ留学して帰国後は鹿港に戻らず台北に暮らした。その後に「鹿港」を書き始め、『迷園』をもって「台湾」を書く。つまり李昂にとって「台湾」とは、米国への留学によりようやく捉えることができた相対的なものであり、創造することによってのみリアリティを獲得できる対象だったのである。さらに、「中華民国」（一九一一年～）に対抗可能な形でリアリティを獲得するためには、『迷園』で、「私は甲午戦争（日清戦争）の末年に生まれました」と日本植民地時代（一八九五年～）に遡及し、記憶をも創造するという行為が必要であった。こうして初めて「台湾」を書くことができたのである。中華民国という「大きな物語」を解体し、それに対抗するものとして、「私たち」の物語空間を創り、そこに自らを位置付けることで「台湾人意識」を獲得できたのである。『自伝の小説』において、謝雪紅という日本植民地時代に生まれて中国文化大革命で死んだ共産党の女性革命家を主人公としたのも、あらゆる面から「台湾」を相対化することで、不安定な「台湾」「台湾人意識」を自らのうちに位置付けたかったからに違いない。つまり李昂にとって、「台湾」とは常に相対的に位置付けることが必要なものであり、創造すべき営為の対象なのだ。

朱天心もまた、「想我眷村的兄弟們」をもって外省人第二世代にとっての「台湾」を書こうとしたと思われる。彼女は、外省人第一世代のような絶対的な「中華民国意識」ではなく、李昂の書いた「台湾人意識」とも異なる「台湾意識」を創る必要があった。朱天心は、客家の村で幼少期を過ごした経験もありながら[45]、あえて眷村の記憶に遡及することによって、二つの「大きな物語」（外省人第一世代にとっての「中華民国意識」と本省人にとっての「台湾人意識」）に対抗可能な外省人第二世代にとっての「台湾意識」を作り上げたのである。

「台湾」というあまりに大きな時空間を、いかなるリアリティをもって書き埋めるか、これは、戒厳令期に「大きな物語」である「三民主義文学論」という虚構に基づく文学教育を受け、二〇代のときに、文学的リアリズムを貫くことを求めて政治的主張を先鋭化して、郷土文学論争を体験した本省人・外省人第二世代、共に一九五〇年代生まれの作家たちが、戒厳令解除後真っ先に直面した課題であった。それゆえに、戒厳令解除後、ポストコロニアル・ポストモダン小説を書く上で、彼女らが真っ先にとった文学を書く方法は、コンプレックスの対象でもある「大きな物語」である中華民国を解体し、それに対抗する形で、自分たちの世代の記憶に根差した相対的な、手ずからの「台湾」を作り上げることだった。

一九八〇~九〇年代、新聞副刊により読者が著しく大衆化した時期に、一九五〇年代生まれの作家たちにとって、「私たち」の集団的記憶の物語として「台湾」を書くことは、実体験のみでは表すことのできない「台湾」を、相対的に捉えなおし、創造的な「語るための『台湾』を形象化」することだったのではないだろうか。既存の解体すべき「大きな物語」に対抗可能な形で自分たちの「台湾」の物語を創造し、構築するための主語は、「小さな物語」を紡ぐ「私」ではなく、「大きな『台湾』物語」を語ることができる「私たち」という複数でなくてはならなかったのだ。

# 終　章　文学大国台湾の文学場形成

以上、本書では台湾の文学場の形成を考察するために、文学キャンプ、文芸雑誌、文学賞など戒厳令期の文学のあり方を分析した。後半では、そうした教育を受けて育ってきたと考えられる作家の作品を詳細に分析した。本研究の実証的考察を通じて導き出された新たな知見について検討したい。

戒厳令期（一九四九～八七年）における文学教育は、中華人民共和国に対抗する反共教育の一環として展開されたため、国家規模で行われた。その中心的役割を担ったのが中国青年反共救国団である。救国団は、その名の通り、青年の反共教育を目的とした組織である。救国団が担う文学教育は、全青年の反共作家化計画であり、例えば、学校を介して中高生全員に、救国団発行の文芸雑誌を強制購読させ、投稿を募り、優秀作品を掲載するなど、青年たちを反共文学の読者・創作者へ動員していくことだった。やがて反共という初志が形骸化した後も、この救国団による学校教育と連結した組織的な文学教育機能は維持され、現代文学の読書体験、創作、発表の機会は青年たちに提供され続けたのである。救国団による全青年への創作、発表の機会が維持されたことによって、文学への覇権意識、エリート意識といった幻想も広まり、広汎な読者層・作家層を基層とする「文化資本」たる文学が成立するに至ったと筆者は考えている。

一方、救国団により規範化された文学のあり方は、その後の文学活動にも影響を与えた。その一つが文学キャンプである。救国団は、一九五五年に反共教育のためのサマーキャンプの一つとして文学キャンプを始めた。四半世紀後の一九七九年、塩分地帯文芸営が始まる。後になって本土派へ繋がる文学を提唱することになる塩分地帯文芸営が、文学キャンプという救国団が築いた活動形式を模倣していることは、救国団の文学キャンプが文学活動として規範化されていたことの証左となるだろう。文学あるところ文学キャンプありきとの幻想は、本来、反共から始まった文学キャンプを、新しい文学潮流を掲げる文学者たちが当然のものとして行うべき文学活動へと展開させた。その文学キャンプは戒厳令解除後もなくなるどころか、本土派、フェミニズムなど様々な思潮に基づく台湾文学の誕生と共に、百花繚乱のごとく多くの文学団体によって開催されていくことになる。文学キャンプが始まり半世紀後の二〇〇四年には、国家台湾文学館の主催による第一回全国台湾文学営を始め三〇以上の文学キャンプが開かれ、三〇〇〇人以上が参加した。文学キャンプは、台湾の文学場の縮図であり、台湾文学を構築してきたのである。

また、新しい文学潮流を掲げる文学者たちが、個人ではなく仲間を募り集団で文学キャンプを開くという台湾の文学のあり方は、作品からも読み解くことが可能である。戒厳令期の文学教育を受けて育った作家たちが戒厳令解除後に真っ先に発表した作品は、中華民国という「大きな物語」の終焉に対して「私」個人の記憶を語る「小さな物語」ではなかった。中華民国という「大きな物語」に対抗し、本土派、外省人第二世代、女性などそれぞれの立場から「私たち」という集団的アイデンティティを創り上げようとする「大きな『台湾』物語」であったのだ。

さらに、文学キャンプは、作家・批評家・読者といった文学を取り巻く人々の関係にも影響を与えたと筆者は考えている。文学キャンプという作家と読者が互いに顔を合わせる文学活動の普及と五〇年以上の継続は、日本における俳句・短歌の世界のような、創作者と読者、創作者と批評家などの間に緊密な関係を生み出すきっかけともなり、後のインターネット文学の隆盛にも見られるようなインタラクティブな広がりを持つ台湾独特の文学場を形成するに至ったのではないだろうか。

台湾の文学場とは、芸術・政治・教育・市場・メディアなどの影響を常に受けながら、本土派、外省人第二世代、女性、同性愛、客家、原住民、郷土、新郷土などが各自の「台湾」文学を提唱しつつ多様に変容し続ける構造体なのである。それはあたかも戦後台湾独自の制度である文学キャンプのように。

# 注

## 序章

（1）本橋哲也『ポストコロニアリズム』岩波書店、二〇〇五年、xiii頁。
（2）同右、xi頁。
（3）大橋洋一『新文学入門』岩波書店、一九九五年、五七～五八頁。
（4）本橋哲也・成田龍一「ポストコロニアル――「帝国」の遺産相続人として」R・J・C・ヤング『ポストコロニアリズム』岩波書店、二〇〇五年、二二七頁。
（5）陳芳明は、台湾の主体性からポストコロニアリズムについて考え、国民党政権による政治、文学による台湾（南部・客家・原住民）の統治を再植民と名付け批判した。それに対し、陳映真は、左翼統一派の観点から、台湾は中国の一部にすぎないと批判した。この論争の背後には、統独論争、台湾文学の正典化問題がある。邱貴芬は、陳芳明の理論は、政治と文化の問題を混同している、台湾は解厳後も政治的な殖民状態にあると指摘している。廖炳恵は、中国人アイデンティティを持つ人にとっては、一九四五年の日本の敗戦後は、ポストコロニアルであり、本土派アイデンティティを持った人にとっては、解厳となって、ようやくポストコロニアルとなったと指摘している。以上は、劉亮雅「後現代与後殖民――論解厳以来的台湾小説」『台湾小説史論』（麦田出版、二〇〇七年）三二三頁を参照した。
（6）宇野木洋『克服・拮抗・模索――文革後中国の文学理論領域』世界思想社、二〇〇六年、二四四頁。
（7）陳芳明「後現代或後殖民――戦後台湾文学史的一個解釈」、周英雄・劉紀蕙編『書写台湾　文学史・後殖民与後現代』麦田出版、二〇〇〇年、四一～六四頁。

## 第一章

（1）劉亮雅「後現代与後殖民――論解厳以来的台湾小説」劉亮雅『後現代与後殖民――解厳以来台湾小説専論』（麦田出版、

二〇〇六年）、蕭義玲「戒厳令解除後の台湾における現代小説の軌跡」（『言語文化研究』第一三巻第四号、立命館大学国際言語文化研究所、二〇〇二年）を参照した。なおポストコロニアリズムについては、序章に詳しく整理した。

（2）巻末の「日本における台湾文学出版目録」参照。

（3）「為本報発行突破六十万份敬告読者」『聯合報』一九七七年六月一日。「文協訪問団 昨参観本報」『聯合報』一九八〇年九月四日。

（4）ピエール・ブルデュー、石井洋二郎訳『ディスタンクシオンⅠ』藤原書店、一九九〇年、v頁。

（5）梅家玲「性別VS家国 五〇年代的台湾小説――以『文芸創作』与文奨会得奨小説為例」（『台大文史哲学報』第五五期、二〇〇一年一一月）、李瑞騰「「中国文芸協会」成立与一九五〇年代台湾文学走向」（『台湾新文学発展重大事件論文集』国家台湾文学館、二〇〇四年）、道上知弘「五十年代台湾における文学状況――反共文学を中心に」（『芸文研究』慶応義塾大学芸文学会、二〇〇〇年）、高橋一聡「一九五〇年代国民党文化統合政策の変容――中国文芸協会に関する一考察」（一橋大学言語社会研究科修士論文、二〇〇六年）を参照した。

（6）宮島喬・石井洋二郎編『文化の権力――反射するブルデュー』藤原書店、二〇〇三年、九五頁。

（7）同右九九～一〇〇頁。

（8）中国国民党のポストと中華民国政府のポストが完全に重なり合う政治体制。

（9）「歴年統編本選文各時期比例統計表」（蘇雅莉「高中国文課程標準与国文課本選文変遷之研究（一九五二―二〇〇四）」）二五二頁。

（10）日本の「学習指導要領 国語科編 昭和三一年度改訂版 文部省」は、現代文（十分の三ないし四）、古文（十分の二ないし三）、漢文（十分の二）、話し方、作文（十分の二、ないし三）であり、一四年後の「高等学校 学習指導要領 付 学校教育法施行規則（抄）昭和四五年一〇月 文部省」では、標準単位数に基づいた必修科目は、現代文七、古典Ⅰ甲二、古典Ⅰ乙五、古典Ⅱ三である（「過去の学習指導要領」「学習指導要領データベース」http://www.nier.go.jp/guideline/s45h/（二〇一二年一〇月二日アクセス）。また中国では、「全三〇課中最後の一〇課が古典に当てられ、そのうち一～二課が韻文」となっている（南本義一『中国の国語教育』渓水社、一九五五年、一〇〇頁）。

（11）松崎寛子「台湾の高校「国文」教科書における台湾文学——鄭清文「我要再回来唱歌」を中心に」『日本台湾学会報』第一二号、二〇一〇年、二二二頁。
（12）蘇雅莉「高中国文課程標準与国文課本選文変遷之研究（一九五二—二〇〇四）」二四八～二四九頁。
（13）阪口直樹『十五年戦争期の中国文学 国民党系文化潮流の視角から』（研文出版、一九九六年）三二四頁を参照した。
（14）鄭明娳「当代台湾文芸政策的発展 影響与検討」鄭明娳主編『当代台湾政治文学論』（時報文化出版、一九九四年）一三頁を参照した。
（15）李瑞騰「「中国文芸協会」成立与一九五〇年代台湾文学走向」『台湾新文学発展重大事件論文集』国家台湾文学館、二〇〇四年、七七頁。
（16）陳果夫・陳立夫の兄弟を中軸とした国民党内の党派。特務課報活動で権力を振るった。
（17）若林正丈『現代アジアの肖像5 蔣経国と李登輝』（岩波書店、一九九七年）三七頁を参照した。
（18）「総統対本団成立訓詞」『団務十年』（中国青年反共救国団、一九六二年）を参照した。
（19）若林正丈『東アジアの国家と社会2 台湾 分裂国家と民主化』東京大学出版会、一九九二年、五頁。
（20）同右一一一頁。
（21）「国共内戦時期、全国の学生運動の多くは中共系組織によって掌握され、国民党も三青団も完全に劣勢に立たされた。この点から見て、国民党は大陸時期の反省に立ち青年工作を進めようとしていたのである」（松田康博『台湾における一党独裁体制の成立』（慶応義塾大学出版会、二〇〇六年、八六頁）に見られる国民党の青年工作政策の失敗、及び大陸時代の蔣経国が中央で活躍する機会を得ながらも、CC派（陳果夫・陳立夫兄弟を中心とした国民党内の勢力）や宋美齢の介入、また実力不足により招いた個人的な失敗を指す（前掲、若林正丈『蔣経国と李登輝』三七～三八頁を参照した）。
（22）前掲、若林正丈『蔣経国と李登輝』八六頁。なお、引用文中の「『班底』を養う」とは、李煥や李元簇ら救国団主任経験者が、蔣経国総統時代に、行政院院長・副総統などの要職に就いたことなどを指すと思われる。
（23）前掲、若林正丈『東アジアの国家と社会2 台湾分裂国家と民主化』一一三頁を参照した。
（24）郭衣洞『中国文芸年鑑』平原出版社、一九六六年、七七～七八頁。

(25)前掲、李瑞騰「『中国文芸協会』成立与一九五〇年代台湾文学走向」八五頁、前掲『中国文芸年鑑』八一頁を参照した。
(26)前掲『中国文芸年鑑』七六頁。王慶麟『青年工作叢書八 青年筆陣――青年的文芸活動』幼獅文化事業、一九八三年、二四頁。
(27)彭瑞金、中島利郎・澤井律之訳『台湾新文学運動四〇年』東方書店、二〇〇五年、八七頁。
(28)蔡声諆(前後壁国中校長、一九三七年生まれ、新営中学在学時『新中青年』に投稿)への二〇〇六年一一月一四日の筆者の電話インタビューによる。
(29)包遵彭『中国青年反共救国団在戦闘中』(幼獅出版社、一九五五年)五五頁を参照した。
(30)前掲、王慶麟『青年工作叢書八 青年筆陣――青年的文芸活動』一四頁。
(31)劉碧菊(『北市青年』編集者)への二〇〇六年一〇月一九日の台北市青年期刊社における筆者のインタビューによる。
(32)『中華民国教育統計(一九九四年)』教育部、一九九四年、二〇頁。
(33)前掲、劉碧菊へのインタビューによる。
(34)同右。
(35)一九七二年「国民中学国文課程標準」によると、「国民中学」における国文の授業は週六時間、時間配分は「範文」四時間、残りの二時間は「作文」「書法」「語言訓練」「課外閲読」の授業が行われ、各時間配分は、「作文」が三週間に五時間(中一は四時間)、「書法」が三週間(中一は二週間)に一時間、「語言訓練」が三週間(中一は二週間)に一時間、「課外閲読」が毎月一時間と定められている(『国民中学課程標準』一九七二年、正中書局、四三~五六頁を参照した)。
(36)前掲、劉碧菊へのインタビューによる。
(37)李昂「写作的十七歳」『自由時報』二〇〇二年七月二九日。
(38)一方、姉の施叔青は教育をテーマとしたインタビューに、真っ先に国文の授業、国文教師についての思い出を成功体験として語っている。「私の国文は永遠に最高だ」「この言葉を言うとき、彼女は、中学のときの先生の山東訛りが聞こえるようだ、たくさん赤丸が付けられた作文帳を持って、クラス全員の前で、朗々と読み上げた」という(「従『名叫蝴蝶』蛻変為『枯木開花』専訪作家 施叔青」(http://www.knsh.com.tw/magazine/man/m39.asp 二〇〇六年一二月二二日アクセス。現在はアクセス不能)。

(39)前掲、応鳳凰「五十年代台湾文芸雑誌与文化資本」『五十年来台湾文学研討会論文集』八六頁。
(40)『文訊二十週年 台湾記行――百年台湾文学雑誌展覧目録』(文訊雑誌社、二〇〇三年)を参照した。
(41)前掲、王慶麟『青年工作叢書八 青年筆陣――青年的文芸活動』八四頁。
(42)前掲、応鳳凰「五〇年代台湾文芸雑誌与文化資本」『五十年来台湾文学研討会論文集』八八頁。
(43)前掲、王慶麟『青年工作叢書八 青年筆陣――青年的文芸活動』六六頁。
(44)呉鈞堯(『幼獅文芸』編集長)への二〇〇六年一〇月〇九日の幼獅文化事業における筆者のインタビューによる。
(45)筆者のインタビュー調査によれば、『幼獅文芸』も、一九八〇年代の台南市、台中市では中学高校を介し個人単位で強制購読させられていた例もあった。
(46)李瑞騰「我看『幼獅文芸』」『幼獅文芸』第六〇四期、二〇〇四年四月、一一頁。
(47)古蒙仁「幼獅文芸伴我成長」『幼獅文芸』第四一八期、一九九八年一〇月、二三頁。
(48)鄭明娳「『幼獅文芸』与青年」前掲『幼獅文芸』第六〇四期、一一二頁。
(49)高中国文統編本(一九六三年版)における中華民国以降の作家(政治家を除く)の作品の占有率は一二パーセントであり、小説は掲載されていない。蘇雅莉「高中国文課程標準与国文課本選文変遷之研究(一九五二―二〇〇四)」国立政治大学修士論文、二〇〇四年、二五〇頁。
(50)応鳳凰「五〇年代文芸雑誌概況」『文訊――二十週年台湾文学雑誌専号』第二一三号、二〇〇三年、三一頁。
(51)余光中「三十四年弾指間」前掲『幼獅文芸』第四一八期、二六頁。
(52)劉心皇「回憶初期的幼獅文芸」『幼獅文芸』第二四八期、一九七四年八月、七二頁。
(53)同右七二頁を参照した。
(54)余光中「青春不巧――憶『幼獅文芸』的三位獅媽」前掲『幼獅文芸』第六〇四期、九〇頁。
(55)司馬中原「幼獅長大了」前掲『幼獅文芸』第四一八期、二〇頁。
(56)楊牧「紀念朱橋」『碧野朱橋当日事』文芸書刊、一九六九年、五七頁。
(57)鍾肇政「往事二三」同右『碧野朱橋当日事』八四頁。なお幼獅文化事業『台湾省青年作家叢書』一〇巻に先んじて、一九六五年に文壇社より『本省籍作家作品選集』が出版されている。
(58) 痖弦「碧野朱橋幼獅事」「聯合副刊」二〇〇三年六月二一日。
(59) 前掲、松田康博『台湾における一党独裁体制の成立』二九六頁。
(60) 松浦恆雄編訳『台湾現代詩シリーズ② 深淵 痖弦詩集』思潮社、二〇〇六年、一五七頁。
(61) 龍彼徳『痖弦評伝』三民書局、二〇〇六年、六六頁。
(62) 林懐民「感念的話」前掲『幼獅文芸』第四一八期二八頁。
(63) 朱西寧「獅子与我」前掲『幼獅文芸』第四一八期二五頁。
(64) 林麗如「拡充華文視野的痖弦」前掲『幼獅文芸』第六〇四期三六頁。
(65) 一九八七年の戒厳令解除まで、魯迅作品の刊行は公的には禁止されていた（下村作次郎『文学で読む台湾』田畑書店、一九九四年、一九三頁を参照した）。痖弦は、当時のことを次のように回顧している。「三〇年代の作家について話さないわけにはいかない…（中略）…だから、当時私はある対策を講じた、例えば魯迅について言及するなら、下にカッコ書きで「この人物はかつて共匪に利用されていた」の一言を付け加えると、後はどう述べてもよかった」（楊樹清「繁華盛景五〇春一九五四―二〇〇四《幼獅文芸》的主編年代」前掲『幼獅文芸』第六〇四期、二一～二二頁）。
(66)「中華文化復興運動とは、共産党による文化大革命を伝統文化の破壊行為であるとした蔣介石によって開始された国民党の官製文化運動である」（菅野敦志「中華文化復興運動にみる戦後台湾の国民党文化政策」（『中国研究月報』第五九巻第五号、二〇〇五年五月、一七頁）。文化復興委員会は、外交的要因から海外にも多く設置された（同上一九頁を参照した）。「中華文化復興運動推進綱要」の「推行要項」一五項目には、海外華僑の教育と刊行物に対する指導、国外の文化人士及び機関に対する連絡なども挙げられている（菅野敦志「戦後台湾における文化政策の転換点をめぐって――蔣経国による「文化建設」を中心に」『アジア研究』第五一巻第三号、二〇〇五年七月、五五頁を参照した）。
(67) 例えば、自由民主党青年局は、断交後も救国団と四〇年以上交流を続けている。自由民主党本部青年局学生部 自由民主党全国学生交流会 http://nsa.main.jp/houkoku/kaigai06.html（二〇一二年一〇月二日アクセス）。また七〇年代、日本の大学に『幼獅文芸』が送付されていた事実も、救国団の対外政策の一端を表していると考えられる。

(68)アイオワ大学作家工作室は一九四二年、ポール・エングルによって創設された。エングル・聶華苓夫妻により、一九六七年より始まったInternational Writing Program（国際写作計画・ＩＷＰ）の前身である。瘂弦は第一回目のＩＷＰにも招聘されている（下村作次郎「台湾作家と中国作家の交流が始まった頃――アイオワ大学ＩＷＰ」前掲『文学で読む台湾』二三一～二三六頁を参照した）。
(69)前掲、龍彼徳『瘂弦評伝』五六～五七頁。
(70)台湾で張愛玲の作品を最初に載せた文芸雑誌は『文学雑誌』第一巻第五期（一九五七年）であり、その後は『皇冠』（張愛玲作品の出版権利を手に入れた唯一の版元、皇冠出版社の雑誌）→『幼獅文芸』→『文季』→『中国時報』「人間副刊」→「聯合副刊」→『聯合文学』と続く（河本美紀「台湾における張愛玲の受容と影響」『野草』第六八号、中国文芸研究会、二〇〇一年八月、九三、九八～一〇〇頁を参照した）。『幼獅文芸』への掲載は、唐文標から瘂弦への推薦による（楊樹清「繁華盛景五〇春 一九五四―二〇〇四『幼獅文芸』的主編年代」前掲『幼獅文芸』第六〇四期、一五頁）。
(71)瘂弦「台湾副刊美学設計第一人 我所認識的林崇漢」『聯合文学』第二六一期、二〇〇六年七月、三七頁。
(72)郷土文学論争については、陳正醍「台湾における郷土文学論戦（一九七七―七八年）」（『台湾近現代史研究』第三号、一九八一年）、許菁娟「台湾における郷土文学論争（一九七七―七八年）に関する考察」（『一橋論叢』第一三五巻第三号、二〇〇六年）などに詳しい。
(73)前掲、龍彼徳『瘂弦評伝』六二頁。
(74)「台湾副刊美学設計第一人 我所認識的林崇漢」前掲『聯合文学』第二六一期、三七頁。
(75)余光中「三十四年弾指間」前掲『幼獅文芸』第四一八期、二七頁。
(76)前掲、呉鈞堯へのインタビューによる。
(77)陸堯「経典与時尚 看『聯合文学』走向双十年華」『文訊 二〇週年 台湾文学雑誌専号』二〇〇三年、九五～九八頁。
(78)陳信元「一九七〇年代台湾的郷土文学論戦」前掲『台湾新文学発展重大事件論文集』一四六頁。
(79)「聯合副刊」一九七八年一月〇一日。
(80)前掲、許菁娟「台湾における郷土文学論争（一九七七―七八）に関する考察」一二四頁。

## 第二章

（1）ピエール・ブルデュー、石井洋二郎訳『芸術の規則Ⅰ』（藤原書店、二〇〇二年）を参照した。
（2）『台湾文学館通訊』創刊号、国家台湾文学館、二〇〇三年一〇月。
（3）陳平原「名家縦論紙上風雲終結副刊時代」『南方週末』二〇〇四年九月一三日 http://news.xinhuanet.com/book/2004-09/13/content_1974139.htm（二〇一二年一〇月二日アクセス）。
（4）白霊「文芸的駅馬車――文芸営的拓荒史及其功能」『文訊雑誌』第四五期、一九九二年一〇月、一二頁。
（5）文芸は文学と芸術の意味。救国団創設当初の文学キャンプは、文学のみならず、音楽・美術なども含む活動として開催されていた（王慶麟『青年工作叢書八 青年筆陣――青年的文芸活動』幼獅文化事業、一九八三年、七頁）。
（6）雑誌『文訊雑誌』『聯合文学』、新聞『聯合報』、各文学キャンプのハンドブック、インターネットなどを参照した。
（7）塩分地帯文芸営は一九七九年創設だが、呉三連台湾史料基金会による主催は一九九五年からである。
（8）塩分地帯文芸営は基本的に台湾語文学を対象にしていないが、二〇〇五年は約三分の二の講師が台湾語を用いていた。
（9）「行政院文化建設委員会文芸閲読及紀録片文化活動推広補助作業要点 九一・八・二七文弐字第〇九一三一一四六六九―四訂定」によると、専業補助とは「文化建設委員会によって政策に基づき決定した補助」のことである。一般的な補助には経費の半分以下、並びに四〇万元の上限があるが専業補助には上限がない。『行政院各部会九十四年度文化芸術補助既旦奨助輔導辦法彙編』（行政院文化建設委員会、二〇〇五年）二六八頁。
二〇〇六年度の予算配分については、行政院文化建設委員会HP「公務統計」を参照した。http://www.cca.gov.tw/static/（二〇〇六年一月一八日アクセス。現在はアクセス不能）。
（10）筆者は参加記を『台湾史料研究』第二六号（呉三連台湾史料基金会出版、二〇〇五年一二月）に「一個日本留学生的塩分地帯文芸営之旅」として掲載した。
（11）共産主義青年団韶関市委員会、市教育局、市文学芸術界聯合会、市青年文学会も共催として支援。「紅三角」『捜捜百科』http://baike.soso.com/v4121159.htm（二〇一二年一〇月二日アクセス）。
（12）「『文苑』雑誌第十届全国草原文学夏令営」「新浪校園」二〇〇五年四月七日 http://y.sina.com.cn/news/2005-04-07/32158.

html（二〇一二年一〇月二日アクセス）。

(13)「四方八面　文芸盛会今昔談」『聯合早報』二〇一一年一一月四日 http://www.sgwritings.com/bbs/viewthread.php?tid=60397（二〇一二年一〇月二日アクセス）。

(14)「砂華文学」http://www.hornbill.cdc.net.my/rejang/rjang16.htm（二〇一二年一〇月二日アクセス）。

(15)新紀元学院 http://www.newera.edu.my/（二〇一二年一〇月二日アクセス）。

(16)砂拉越星座詩社 http://www.sarawak.com.my/org/hornbill/my/swk/xingzuo.htm（二〇一二年一〇月二日アクセス）。

(17)一九九六年、フィリピン華文作家協会が創設される。

(18)「三十多年華文被禁絶。如今正大光明召開華文文学国際会議為了這一天」『文学報』二〇〇四年一二月一七日 http://wxb.wenxuebao.com/tgzg/t20041217_327754.htm（二〇一二年一〇月二日アクセス）。

(19)『中華民国五十五年 中国文芸年鑑』平原出版社、一九六六年、七九頁。

(20)司馬中原（作家）への二〇〇五年八月二日の喫茶趣（台北市南京東路）における筆者のインタビューによる。

(21)「総統対本団成立訓詞」『団務十年』中国青年反共救国団（一九六二年）を参考にした。

(22)日本植民地期の一九二一年に台湾文化協会により夏季文化研究学習営が開かれているが、戦後の文芸営との直接的な関係はないと思われる。また宿泊を伴うキャンプではなく、日帰りの研修形式のものでは、文芸協会が暑期青年文芸営研習会を一九五〇年より開催している（『耕耘四年（中国文芸協会概況）』中国文芸協会第四届理事会、一九五四年五月、一三頁）。

(23)包遵彭『中国青年反共救国団在戦闘中』幼獅出版社、一九六六年、五五頁。

(24)王慶麟『青年工作叢書八 青年筆陣――青年的文芸活動』幼獅文化事業、一九八三年、一八頁。

(25)鍾鼎文「太陽 青年 文芸・五十四年戦闘文芸営簡介」『幼獅文芸』第二五巻第二期、一九六六年八月、八頁。

(26)『戦闘的時代』中国青年反共国団、一九六三年一月。

(27)前掲、鍾鼎文「太陽 青年 文芸・五十四年戦闘文芸営簡介」八頁。

(28)前掲、王慶麟『青年工作叢書八 青年筆陣――青年的文芸活動』五二頁。

(29)同右五一～五二頁。

(30) 柏楊（作家）への二〇〇五年六月二三日の柏楊自宅における筆者のインタビューによる。

(31)『認識台湾 回味一八四五―二〇〇〇』遠流出版、二〇〇五年、一二七頁。

(32) 前掲、王慶麟『青年工作叢書八 青年筆陣――青年的文芸活動』五三頁。

(33) 耕莘文教基金会 http://www.tiencf.org.tw/（二〇一二年一〇月二日アクセス）。

(34) アイオワ大学 International Writing Program http://www.iwp.uiowa.edu/（二〇一二年一〇月二日アクセス）。筆者は、IWPを立ち上げた一人である聶華苓に、救国団の文学キャンプとIWPとの関係について、二〇〇五年七月六日に電話インタビューしたが、「救国団とは関係ない！ アイオワは世界のものだ」との回答であった。

(35) 前掲、王慶麟『青年工作叢書八 青年筆陣――青年的文芸活動』五五頁。

(36) 一九七五年文学キャンプ運営費資料参照。救国団総団部所蔵。

(37) 前掲、王慶麟『青年工作叢書八 青年筆陣――青年的文芸活動』一三頁。

(38) 同右六〇頁。

(39) 各文学キャンプのハンドブックを参照した。

(40) 一八九〇年山東生まれ。一九四六年に北平総教区主教に就任、四九年に渡米、六〇年に渡台した。五八年（華人として初）及び六三年にコンクラーベ（ローマ法王選出のための会議）に出席した。六〇年から六七年まで輔仁大学の初代董事長を務めた（第二代は宋美齢）。六七年、台湾にて没。

(41) 陳謙・凌明玉主編『台湾之顔』耕莘文教基金会、二〇〇五年、一二六頁。

(42) 白霊（作家、耕莘青年写作協会常任理事）への二〇〇六年八月二六日の耕莘文教院における筆者のインタビューによる。なお、白霊によれば、図書室は閉鎖され蔵書は処分されたという。

(43) 前掲『台湾之顔』一二七頁。

(44) 杜文靖「経営一個文学社区的困境与展望――以塩分地帯文芸営為例」『這些人、那些事、某些地方』北県文化局、二〇〇〇年、一二一頁。

(45)『自立晩報』一九七九年八月六日。

(46) 羊子喬（作家、塩分地帯文芸営創設者の一人）への二〇〇五年四月一四日のカフェダンテ（台北）における筆者のインタビューによる。
(47) 陳芳明（国立政治大学中文系教授、当時は在米「台湾文学研究会」会員）への二〇〇五年五月一三日の国立政治大学における筆者のインタビューによる。
(48)「塩分地帯文芸営簡史」『第二七回塩分地帯文芸営研習手冊』呉三連台湾史料基金会、二〇〇五年八月。
(49) 一九八二年の楊逵の訪米がきっかけで創設された在米台湾文学者による研究会。許達然「台湾文学研究会成立及章程」『先人之血・土地之花』前衛出版社、一九八九年、三一五頁。
(50) 前掲、羊子喬へのインタビューによる。
(51) 同右。
(52) 外省人作家の招聘について、羊子喬は、国民党対策であったと述べている（前掲、羊子喬へのインタビューによる）。
(53) 初安民（『印刻文学生活誌』編集長）への二〇〇五年五月二三日の印刻文学生活雑誌出版における筆者のインタビューによる。初安民によれば、特別に渡航費を出し招聘したわけではなく、帰台していたため招聘したということだ。
(54) 同右、初安民へのインタビューによる。
(55) 印刻文学生活雑誌出版は、聯合出版社内の内紛により、『聯合文学』総編集長初安民が聯合出版を辞めて立ち上げた出版社。朱天心・朱天文・張大春ら外省人作家を中心とした多くの作家も共に移動した。
　全国台湾文学営は、国家台湾文学館側が印刻文学生活雑誌出版に協力を依頼し実現したということだ（林瑞明（二〇〇五年八月当時国家台湾文学館館長）への二〇〇五年八月三日の国家台湾文学館における筆者のインタビューによる）。
(56) 呉三連台湾史料基金会の陳朝海と印刻文学生活雑誌出版の初安民。
(57) 台文系所／国立成功大学（学士二〇〇二年・修士二〇〇〇年・博士二〇〇二年）、台文系／真理大学（一九九七年）・静宜大学（二〇〇三年）、台文所／国立清華大学（二〇〇二年）・国立台北師範学院（二〇〇二年）・国立台湾大学（二〇〇四年）・国立中興大学（二〇〇四年）・国立中正大学（二〇〇四年）・国立政治大学（二〇〇五年）、台湾文化及語言文学研究所／国立台湾師範大学（二〇〇三年）、台湾語文学系／中山医学大学（二〇〇三年）・台中師範学院（二〇〇四年）『国内大学台

湾人文学門系所 現況調査彙編』二〇〇五年一月の序を参考にした)。
(58)二〇〇五年全国台湾文学営(南部)では、国立成功大学中文系の教室を使って行われ、中文系学生がボランティアとして召集されていた。二〇〇四年には、成功大学台文系の学生が招集されている。
(59)前掲、林瑞明へのインタビューによる。
(60)「全国台湾文学営」・金石堂書店VIPカード、「塩分地帯文芸営」・晨星網路書店のVIPカードなど。書店にとっては文学キャンプは貴重な宣伝活動でもある。
(61)二〇〇五年、塩分地帯文芸営は、もともと三〇〇〇元だった参加費を、急遽二五〇〇元に、さらに二人で参加すれば二〇〇〇元に値下げした。
(62)王育徳『台湾海峡』日中出版、一九八七年、九八頁。

**第三章**

(1)梅家玲「五〇年代台湾小説中的性別与家国——以『文芸創作』与文奨会得奨小説為例」『性別,還是家国?·五〇与八、九〇年代台湾小説論』麦田出版、二〇〇四年、一一九頁。
(2)同右六四~六五頁。
(3)江宝釵「江山風騒,究誰主/領——論両大報文学奨設立的文学史意義」『台湾新文学発展重大事件論文集』国家台湾文学館籌備処、二〇〇四年。
(4)『聯合報』一九六一年九月一六日。
(5)「為本報発行突破六十万份敬告読者」『聯合報』一九七七年六月一日、「文協訪問団 昨参観本報」『聯合報』一九八〇年九月四日。
(6)『中国時報三十年』中国時報、一九八〇年一〇月。
(7)林淇瀁「「副」刊「大」業——台湾報紙副刊的文学伝播模式分析」瘂弦・陳義芝編『世界中文報紙副刊学総論』行政院文化建設委員会、一九九七年、一二四頁。

(8)丸川哲史『台湾における脱植民地化と祖国化——二・二八事件前後の文学運動から』(明石書店、二〇〇七年)に詳しい。
(9)陳義芝「副刊転型之思考——以七〇年代末『聯副』与『人間』為例」前掲『世界中文報紙副刊学総論』一五三頁。
(10)林海音の「聯合副刊」編集長時代については、施英美「『聯合報』副刊時期(一九五三—一九六三)的林海音研究」(静宜大学修士論文、二〇〇三年)に詳しい。
(11)朱佩蘭の訳により、一九六六年六月二七日~七月九日に連載。連載終了日翌日、単行本を出版し、二〇万部を売り上げた。副刊掲載後すぐに単行本を出版する先駆けとなる。平鑫濤「副聯憶」『聯副三十年文学大系 史料巻 風雲三十年』聯経出版、一九八二年、一二四頁。
(12)王文仁「従「幌馬車之歌」看藍博洲的報導文学創作——兼論台湾報導文学的幾個文類問題」『東華中国文学研究』第三期、国立東華大学中文系、二〇〇五年六月、一六四頁。
(13)山口守「あとがき」張系国『星雲組曲』国書刊行会、二〇〇七年、三〇〇~三〇一頁。
(14)葉石濤『台湾文学史』研文出版、二〇〇〇年、一四六頁。
(15)許菁娟『台湾現代文学の研究——統戦工作と文学 一九七〇年代後半を中心として』晃洋書房、二〇〇八年、一一頁。
(16)菅野敦志『台湾の国家と文化——「脱日本化」・「中国化」・「本土化」』勁草書房、二〇一一年、二九八頁。引用文中の松永正義論文は、「「中国意識」と「台湾意識」——揺れ動く中国/台湾イデオロギーの構図」若林正丈編『台湾——転換期の政治と経済』田畑書店、一九八七年、三三〇頁。
(17)林耀徳「小説迷宮中的政治迴路——八〇年代政治小説的内涵与相関課題」『当代台湾政治文学論』(時報文化出版、一九九四年、一三八~一三九頁。
(18)張俐璇「両大報文学奨与台湾文壇生態之形構」(国立成功大学修士論文、二〇〇六年)二二九頁。
(19)「「聯合報小説奨」徴選作品辦法」『聯合報』一九七六年三月一八日。
(20)第二回一位受賞の小野によれば、当時、大学の助教であった彼の月給は四〇〇〇元だった(『聯合報』二〇〇八年八月二日)。
(21)前掲、張俐璇「両大報文学奨与台湾文壇生態之形構」二三頁。
(22)第一回は公募形式のみであったが、第二回より一年以内の「聯合副刊」への投稿作品も「特別推薦賞」の候補となった。また、

第四回より数年間、作家個人に対して「特別貢献賞」が授与されている。

(23) 閨秀文学の中心的な役割を担っていたのが、朱西甯を中心とした三三文学集団である。三三文学集団の最初の「三」は三民主義、後の「三」は聖父・聖子・聖霊の三位一体を表す。一九七七年に設立、七九年の美麗島事件後に解散した。三三は、雑誌『三三集刊』を刊行、胡蘭成を講師に迎える、「五四」以降の中国大陸の作家で戦後台湾において唯一読むことができた張愛玲の影響を多く受けるなど、中国の伝統、紅学などを継承して活動した。出身作家には、朱西甯の娘たち朱天文・朱天心を始め、同じく外省人第二世代の袁瓊瓊（一九五〇年〜、四川省）、蘇偉貞（一九五四年〜、広東省）、蒋曉雲（一九五四年〜、湖南省）らがいた。邵迎建『伝奇文学と流言人生――一九四〇年代上海・張愛玲の文学』（お茶の水書房、二〇〇二年）二三〇頁、張瑞芬「張愛玲的散文系譜」（『逢甲人文社会学報』第八期、二〇〇四年五月）七六頁を参照した。

(24)『中華文芸』第六九期、一九七六年一一月。

(25)「聯合報五十年」特載一媒体、文学与家国想像論「聯合報文学奨」短篇小説得奨作品」『聯合報』二〇〇一年九月二日。

(26)『聯合報』一九七七年一〇月一一日。

(27)「小野得了小説奨．片商找上門　国片試探新題材．総是好現象」『聯合報』一九七七年九月二〇日。

(28) 同右。

(29)『中華文芸』第六九期、一九七六年一一月。

(30)『中国時報』一九七八年七月一日。

(31) 前掲、江宝釵「江山風騒，究誰主／領――論両大報文学奨設立的文学史意義」『台湾新文学発展重大事件論文集』二六四頁。

(32) 龍瑛宗「文壇回顧一個望郷族的告白――我的写作生活」（『聯合報』一九八二年一二月一六日。

(33)「文化【文学】高信疆――講述〝人間〟的消息」『南方周末』第一〇七四期、二〇〇四年九月九日 http://big5.southcn.com/gate/big5/www.southcn.com/weekend/culture/200409100033.htm（二〇一二年一〇月二日アクセス）。

(34)「聯合報小説散文奨今贈奨「聯合文学」挙行創刊酒会」『聯合報』一九八四年一〇月二八日。

(35)「聯合報小説及散文奨昨天贈発「聯合文学」創刊酒会嘉賓雲集」『聯合報』一九八四年一〇月二九日。

(36)「大陸地区短篇小説推薦賞」の要項によると、賞金は台湾元ではなく米ドル立てで二〇〇〇ドルであり、受賞者は受賞式のために来台の必要はなく、現地の代理人が届けると記されている（「聯合報第十届小説奨拡大徴文辦法」『聯合報』一九八八年二月一〇日）。

(37) 瘂弦主編『小説潮 聯合報第十届小説奨作品集』聯経出版、一九七九年、一六頁。

(38) 包遵彭『中国青年反共救国団在戦闘中』（幼獅出版社、一九五五年）五五頁を参照した。

(39) 劉碧菊（『北市青年』編集者）への二〇〇六年一〇月一九日の台北市青年期刊社における筆者のインタビューによる。

(40) 第一回の選考は、莫言「紅高粱」、同「白狗鞦韆架（白い犬とブランコ）」、韓少功「女女女」、李鋭「選賊」、李杭育「阿三的革命」が推薦され、「紅高粱」は短編ではないという理由で落選、最後まで残った韓少功「女女女」は描写は評価されたものの、「白狗鞦韆架」の芸術性がより高く評価され受賞した。「聯合報第十届短篇小説奨決審会議記実 大海揚帆 大陸地区短篇推薦奨」（『聯合報』一九八九年一月五日）。この「大陸地区短篇小説推薦賞」は、一九九一年に終わっている。

(41) 許剣橋「九〇年代台湾女同志小説研究」国立中正大学修士論文、二〇〇二年、四頁。

(42) 葉石濤『台湾文学史綱』（文学界雑誌社、一九八七年）、彭瑞金『台湾新文学運動四十年』（春暉出版社、一九九七年）など。

(43) 前掲、葉石濤『台湾文学史』は、八〇年代、台湾文学に「女性文学」の領域が開拓されたことに若干触れているものの（一七九頁）、閨秀文学を担った朱天心、蘇偉貞、蒋暁雲についての記述はない。

(44) 蒋暁雲は、朱西寧が救国団の文芸営で指導した生徒であった。蘇偉貞、蕭麗紅（一九五〇～、嘉義）も朱西寧の弟子である（張瑞芬「張愛玲的散文系譜」『逢甲人文社会学報』第八期、逢甲大学人文社会学院、二〇〇四年、八二頁）。

(45) 瀬地山角『東アジアの家父長制――ジェンダーの比較社会学』（勁草書房、一九九六年）二五五–二六九頁を参照した。

(46) 邱貴芬「族国建構与当代台湾女性小説的認同政治」『仲介台湾・女人 後殖民女性観点的台湾閲読』元尊文化、一九九七年、三九頁。

(47) 同右四五頁。

(48) 同右。

(49) 前掲、邱貴芬「族国建構与当代台湾女性小説的認同政治」『仲介台湾・女人 後殖民女性観点的台湾閲読』三九頁。

(50) 張誦聖「袁瓊瓊与八〇年代台湾女性作家的「張愛玲熱」」『文学場域的変遷』聯合文学出版社、二〇〇一年、六四頁。

（51）同右六五頁。
（52）「七十三年 暢銷書 排行榜」『経済日報』一九八五年二月一三日。
（53）「二十万冊以上排行榜聯経三十年 十大暢銷書」『聯合報』二〇〇四年五月二日。

## 第四章

（1）本章では、『迷園』（麦田出版、一九九八年初版）、『自伝の小説』（皇冠文化出版、二〇〇〇年初版）を底本とし、日本語訳、藤井省三監修、櫻庭ゆみ子訳『迷いの園』（国書刊行会、一九九九年）、藤井省三訳『自伝の小説』（国書刊行会、二〇〇四年）を参照した。同じく、朱天心『想我眷村的兄弟們』（麦田出版、一九九八年第二版）を底本とし、日本語訳、間ふさ子訳『二つの家郷のはざまで』（藍天文芸出版社、一九九三年）を参照した。いずれも日本語訳は筆者による。
（2）王徳威「華麗的世紀末――台湾・女作家・辺縁詩学」『想像中国的方法――歴史・小説・叙事』三聯書店、一九九八年、二八四～二八五頁。
（3）黃毓秀「『迷園』中的性与政治」『当代台湾女性文学』時報文化出版、一九九三年、八九頁。
（4）林芳玫「『迷園』解析――性別認同与国族認同的弔詭」『女性主義与中国文学』里仁、一九九七年、二七八頁。
（5）前掲、王徳威「華麗的世紀末――台湾・女作家・辺縁詩学」『想像中国的方法――歴史・小説・叙事』二八五頁。
（6）彭小妍「女作家的情欲書写与政治論述」『北港香炉人人插』麦田出版、一九九七年、二八〇頁。
（7）岡真理『記憶／物語』（岩波書店、二〇〇〇年）を参照した。
（8）何義麟『二・二八事件――「台湾人」形成のエスノポリティクス』（東京大学出版会、二〇〇三年）二頁を参照した。
（9）「台湾のフェミニズム文学（李昂インタビュー　一九九二年四月二日台北市ハワードプラザホテルにて　聞き手・藤井省三）」『夫殺し』宝島社、一九九三年、一七二頁。
（10）同右一七一頁。
（11）邱貴芬『(不)同国女人聒噪――訪問台湾当代女作家』元尊文化、一九九八年、一〇四頁。
（12）邱彦彬「記憶失控錯置的擬相――李昂『自伝の小説』中的記憶与救贖」『中外文学』第三〇巻第八期、二〇〇二年一月、一八四頁。
(13)藤井省三『世界の文学 一〇九』朝日新聞社、二〇〇一年、一一～一八二頁。
(14)前掲、邱彦彬「記憶失控錯置的擬相——李昂『自伝の小説』中的記憶与救贖」一八四頁。
(15)前掲、藤井省三『世界の文学 一〇九』一一～一八二頁。
(16)上野千鶴子「Book Review 李昂の新しい冒険——〈女(わたし)〉と〈女(わたし)たち〉をめぐる物語——李昂著/藤井省三訳『自伝の小説』」『東方』第二九三号、二〇〇五年七月、三〇頁。
(17)瀬地山は台湾の家父長制について「権力の配分においても比較的平等で、役割の配分においても女性が家庭内に束縛されるということはどちらかといえば少ない」と述べている(瀬地山角『東アジアの家父長制』勁草書房、一九九六年、二五四～二五五頁)。
(18)黄英哲「歴史・記憶とディスクール——朱天心『古都』論」『言語文化』第八巻第一号 阪口直樹先生追悼号、同志社大学言語文化学会、二〇〇五年、三〇～三一頁。
(19)清水賢一郎「〈記憶〉の書」『古都』国書刊行会、二〇〇〇年、三一五頁。
(20)邱貴芬「想我放逐的兄弟(姐妹)們——閲読第二代「外省」「女」作家朱天心」『中外文学』第二二巻第三期、一九九三年八月、一〇五頁。
(21)本橋哲也・成田龍一「ポストコロニアル——「帝国」の遺産相続人として」R・J・C・ヤング『ポストコロニアリズム』岩波書店、二〇〇五年、一二七頁。
(22)前掲、黄英哲「歴史・記憶とディスクール——朱天心『古都』論」三四頁。
(23)梅家玲「八、九〇年代眷村小説(家)的家国想像与書写政治」『性別,還是家国?五〇与八、九〇年代台湾小説論』麦田出版、二〇〇四年、一七〇頁。
(24)前掲、梅家玲「八、九〇年代眷村小説(家)的家国想像与書写政治」『性別,還是家国?五〇与八、九〇年代台湾小説論』一八二頁。
(25)若林正丈「戦後台湾遷占者国家における「外省人」——党国体制下の多重族群社会再編試論・その一」『東洋文化研究』第五号、

二〇〇三年三月、一三三頁。
(26)前掲、梅家玲「八、九〇年代眷村小説(家)的家国想像与書写政治」『性別,還是家国?五〇与八、九〇年代台湾小説論』一八四頁。蔡淑華「眷村小説研究――以外省第二代作家為対象」(国立政治大学修士論文、一九九九年)一二九〜一三九頁、及び「当代文学史料系統」http://lit.ncl.edu.tw/(二〇一二年一〇月二日アクセス)を参照した。
(27)日本語訳は三木直大訳「記憶のなかで」『台北ストーリー』国書刊行会、一九九九年。
(28)前掲、清水賢一郎訳「〈記憶〉の書」『古都』三一八頁。
(29)邱貴芬『「(不)同国女人」聒噪 訪談当代台湾女作家』元尊文化、一九九八年、一二八頁。
(30)同右一三〇頁。
(31)同右一三一頁。
(32)同右一三二〜一三三頁。
(33)葉石濤、中島利郎・澤井律之訳『台湾文学史』東方書店、二〇〇〇年、一四六頁。
(34)「蘇林「(作家&出版人)転位的作家出版人」『聯合報』一九九四年五月一九日。
(35)同右。
(36)『聯合報』一九九三年二月一一日。金石堂書店は、一九八三年に金石堂実業として創設された、店舗数は七一(二〇一二年六月現在)。http://www.kingstone.com.tw/about/about_101.asp(二〇一二年一〇月二日アクセス)。
(37)王徳威「台湾現代小説史研討会特輯(下)典律的生成 小説爾雅三十年」『聯合報』一九九七年一二月二六日。
(38)張誦聖「朱天文与台湾文化及文学的新動向」『中外文学』第二二巻一〇期、一九九四年、九一頁。
(39)謝春馨「你我她(他)還是誰誰誰?――評朱天心『想我眷村的兄弟們』」『台湾文学評論』第五巻第四期、二〇〇五年一〇月、一三五頁。
(40)劉亮雅「後現代与後殖民」『後現代与後殖民――解厳以来台湾小説専論』麦田出版、二〇〇六年、七八頁。
(41)呂正恵「怎麼様的「後現代」?-評朱天心《想我眷村的兄弟們》」『戦後台湾文学経験』新地文学出版社、一九九五年、一八三頁。
(42)山口守「あとがき」張系国『星雲組曲』、国書刊行会、二〇〇七年、三〇〇〜三〇一頁。

（43）若林正丈「語られはじめた現代史の沃野」『三本足の馬 台湾現代小説選Ⅲ』研文出版、一九八五年、一七三頁。
（44）孫潔茹「外省第二代的認同歴程——以朱天心及其小説為例」『文化研究月報』第三九期、二〇〇四年六月一五日。http://www.cc.ncu.edu.tw/~csa/oldjournal/39/journal_park320.htm（二〇一二年一〇月二日アクセス）。
（45）同右参照。

# 参考文献


## 一．資料

●作品集

（日本語文献）

李昂、藤井省三訳『夫殺し』ＪＩＣＣ出版局、一九九三年

李昂、櫻庭由美子・藤井省三訳『迷いの園』国書刊行会、一九九九年

李昂、藤井省三訳『自伝の小説』国書刊行会、二〇〇四年

朱天心、間ふさ子訳『二つの家郷のはざまで』藍天文芸出版社、一九九九年

朱天心、清水賢一郎訳『古都』国書刊行会、二〇〇〇年

（中国語文献）

李昂「迷園」『中国時報』一九九〇年八月一八日～一九九一年三月一一日

李昂『迷園』麦田出版、一九九八年（洪範書店、一九九一年）

李昂『自伝の小説』皇冠出版社、二〇〇〇年

朱天心『想我眷村的兄弟們』麦田出版、一九九八年、第二版（初版は一九九二年）

朱天心『古都』麦田出版、一九九七年

●研究資料

【単行本】

（日本語文献）

松浦恆雄編訳『台湾現代詩人シリーズ②深淵瘂弦詩集』思潮社、二〇〇六年

陳芳明、森幹夫訳、志賀勝監修『謝雪紅・野の花は枯れず――ある台湾人女性革命家の生涯』社会評論社、一九九八年

（中国語文献）

『耕耘四年（中国文芸協会概況）』中国文芸協会第四届理事会出版、一九五四年
包遵彭『中国青年反共救国団在戦鬥中』幼獅出版社、一九五五年
『団務十年』中国青年反共救国団、一九六二年
郭衣洞『中国文芸年鑑』平原出版社、一九六六年
匂尊彭『中国青年反共救国団在戦闘中』幼獅出版社、一九六六年
『碧野朱橋当日事』文芸書刊、一九六九年
『国民中学課程標準』正中書局、一九七二年
王慶麟『青年工作叢書八 青年筆陣――青年的文芸活動』幼獅文化事業、一九八三年
周明『台中的風雷』人間、一九九〇年
『中華民国教育統計（一九九四年）』教育部、一九九四年
『芸文与環境 台湾各県市芸文環境調査実録』文訊雑誌社、一九九四年
『光復後台湾地区文壇大事紀要（増訂本）』行政院文化建設委員会、一九九五年
謝雪紅口述、楊克煌筆録『我的半生記』楊翠華、一九九七年
邱貴芬『「(不) 同国女人」聒噪 訪談当代台湾女作家』元尊文化、一九九八年
陳信元主編『台湾文壇大事紀要（民国八一―八四年）』行政院文化建設委員会、一九九九年
陳芳明『謝雪紅評伝』前衛、二〇〇〇年
林満秋『台湾放軽松二 台湾心女人』遠流出版、二〇〇〇年
陸達誠編『葡萄美酒香醇 張志宏神父紀念文集』河童、二〇〇一年
聶華苓『三生三世』皇冠出版社、二〇〇四年
『認識台湾 回味一八四五―二〇〇〇』遠流出版、二〇〇五年

余建業『我的救国団生涯』幼獅文化事業、二〇〇五年
陳謙・凌明玉主編『台湾之顔』耕莘文教基金会、二〇〇五年
龍彼徳『瘂弦評伝』三民書局、二〇〇六年
荘紫蓉『面対作家——台湾文学家訪談録二』呉三連台湾史料基金会、二〇〇七年
各文学キャンプハンドブック

【雑誌など】
（日本語文献）
インタビュアー——中澤智恵「李昂さんに聞くフェミニズム」『野草』第五七号、中国文芸研究会、一九九六年
藤井省三「李昂　格闘する女たち」『世界の文学』一〇九、朝日新聞、二〇〇一年八月
上野千鶴子「Book Review　李昂の新しい冒険——〈女（わたし）〉と〈女（わたし）たち〉をめぐる物語——李昂著／藤井省三訳『自伝の小説』」『東方』第二九三号、二〇〇五年七月。

（中国語文献）
鍾鼎文「太陽　青年　文芸・五十四年戦闘文芸営簡介」『幼獅文芸』幼獅出版社、一九六六年八月
『幼獅文芸』第四一八期、一九九八年一〇月
『文訊　二十週年　台湾記行——百年台湾文学雑誌展覧目録』文訊雑誌社、二〇〇三年
『幼獅文芸』第六〇四期、二〇〇四年四月
『第二七回塩分地帯文芸営研習手冊』呉三連台湾史料基金会、二〇〇五年八月
瘂弦「台湾副刊美学設計第一人　我所認識的林崇漢」『聯合文学』第二六一期、二〇〇六年七月

【新聞】
「為本報発行突破六十万份敬告読者」『聯合報』一九七七年六月一日
「文協訪問団　昨参観本報」『聯合報』一九八〇年九月四日
「創作風不再　文芸青年向斜陽?」『民生報』一九九一年一〇月二〇日

『自立晩報』一九七九年八月六日

【インターネット】

新紀元学院 http://www.newera.edu.my/（二〇一二年一〇月二日アクセス）

行政院文化建設委員会ＨＰ「公務統計」http://www.cca.gov.tw/static/（二〇〇六年一月一八日アクセス。現在はアクセス不能）

韶関市共産主義青年団 http://www.sgyouth.org.cn/（二〇一二年一〇月二日アクセス）

「『文苑』雑誌第十届全国草原文学夏令営」「新浪校園」二〇〇五年四月七日 http://y.sina.com.cn/news/2005-04-07/32158.html（二〇一二年一〇月二日アクセス）

「四方八面　文芸盛会今昔談」『聯合早報』二〇一一年一一月四日 http://www.sgwritings.com/bbs/viewthread.php?tid=60397

「砂華文学」http://www.hornbill.cdc.net.my/rejang/rjang16.htm（二〇一二年一〇月二日アクセス）

砂拉越星座詩社 http://www.sarawak.com.my/org/hornbill/my/swk/xingzuo.htm（二〇一二年一〇月二日アクセス）

「三十多年華文被禁絶。如今正大光明召開華文文学国際会議為了這一天」『文学報』二〇〇四年一二月一七日 http://wxb.wenxuebao.com/tgzg/t20041217_327754.htm（二〇一二年一〇月二日アクセス）

陳平原「紙上的風言：副刊時代的終結」（『南方週末』文化深入成就深度二〇〇四年九月一三日）http://news.xinhuanet.com/book/2004-09/13/content_1974139.htm

耕莘文教基金会 http://www.tiencf.org.tw/（二〇一二年一〇月二日アクセス）

アイオワ大学 International Writing Program」http://www.iwp.uiowa.edu/（二〇一二年一〇月二日アクセス）

「従『名叫蝴蝶』蛻変為『枯木開花』専訪作家 施叔青」http://www.knsh.com.tw/magazine/man/m39.asp（二〇〇六年一二月二二日アクセス。現在はアクセス不能）

自由民主党本部青年局学生部 自由民主党全国学生交流会 http://nsa.main.jp/houkoku/kaigai06.html

## 二 研究文献

【単行本】

（日本語文献）


下村作次郎『文学で読む台湾——支配者・言語・作家たち』田畑書店、一九九四年

藤井省三『台湾文学この百年』東方書店、一九九八年

黄英哲『台湾文化再構築一九四五——四七の光と影　魯迅思想受容の行方』創土社、一九九九年

葉石濤著、中島利郎・澤井律之訳『台湾文学史』研文出版、二〇〇〇年

丸川哲史『台湾、ポストコロニアルの身体』青土社、二〇〇〇年

山口守編『講座台湾文学』国書刊行会、二〇〇三年

彭瑞金著、中島利郎・澤井律之訳『台湾新文学運動四〇年』東方書店、二〇〇五年


（中国語文献）


邱貴芬『仲介台湾・女人　後殖民女性観点的台湾閲読』元尊文化、一九九七

邱貴芬『後殖民及其外』麦田出版、二〇〇三年

瘂弦・陳義芝編『世界中文報紙副刊学総論』行政院文化建設委員会、一九九七年

梅家玲編『性別論述与台湾小説』麦田出版、二〇〇〇年

梅家玲『性別，還是家国？五〇与八、九〇年代台湾小説論』麦田出版、二〇〇四年

陳芳明『後殖民台湾——文学史論及其周辺』麦田出版、二〇〇二年

陳芳明『殖民地摩登　現代性与台湾史観』麦田出版、二〇〇四年

国立台湾師範大学台湾文化及語言文学研究所主編『我国大学台湾人文学門系所　現況調査彙編』二〇〇五年

張誦聖『文学場域的変遷』聯合文学出版社、二〇〇一年

林淇瀁『書写与拼図　台湾文学伝播現象研究』麦田出版、二〇〇一年

劉亮雅『情色世紀末　小説、性別、文化、美学』九歌出版社、二〇〇一年

劉亮雅『後現代与後殖民戒厳以来台湾小説専論』麦田出版、二〇〇六年
『台湾新文学発展重大事件論文集』国家台湾文学館、二〇〇四年
邱貴芬・陳建忠・応鳳凰・張誦聖・劉亮雅『台湾小説史論』麦田出版、二〇〇七年
（英語文献）
Thomas A. Brindley, *The China Youth Corps in Taiwan*, Peter Lang Publishing, 1999

【論文】

（日本語文献）
陳正醍「台湾における郷土文学論戦（一九七七―七八年）」『台湾近現代史研究』第三号、一九八一年
道上知弘「五十年代台湾における文学状況――反共文学を中心に」『芸文研究』第七八号、慶應義塾大学芸文学会、二〇〇〇年
河本美紀「台湾における張愛玲の受容と影響」『野草』第六八号、中国文芸研究会、二〇〇一年
蕭義玲「戒厳令解除後の台湾における現代小説の軌跡」『言語文化研究』第一三巻第四号、立命館大学国際言語文化研究所、二〇〇二年
邱貴芬、末岡麻衣子訳「李昂文学とは何か――李昂文学とフェミニズム」『東大中文・現代台湾文学国際シンポジウム』二〇〇三年
上野千鶴子「「単なるフェミニズム文学ではない」？――李昂文学にみるジェンダー・民族・歴史」『トーキングヘッズ　中華モード』第二〇号、アトリエサード、二〇〇四年三月
黄英哲「歴史・記憶とディスクール――朱天心『古都』論」『言語文化』第八巻第一号、同志社大学言語文化学会、二〇〇五年
許菁娟「台湾における郷土文学論争（一九七七―七八年）に関する考察」『一橋論叢』第一三五巻第三号、二〇〇六年
謝恵貞「性欲と権力への中心への想像――李昂『自伝の小説』における寓話」『東京大学中国語中国文学研究室紀要』第九号、二〇〇六年
松崎寛子「台湾の高校「国文」教科書における台湾文学――鄭清文「我要再回来唱歌」を中心に」『日本台湾学会報』第一二号、二〇一〇年

高橋明郎「『幼獅』創刊——救国団と台湾反共文学」『香川大学経済論叢』第八二巻第四号、二〇一〇年

（中国語文献）

許達然「台湾文学研究会成立及章程」『先人之血・土地之花』前衛出版社、一九八九年

白霊「文芸的駅馬車——文芸営的拓荒史及其功能」『文訊雑誌』第四五期、文訊出版社、一九九二年一〇月

邱貴芬「想我放逐的兄弟（姐妹）們——閲読第二代「外省」「女」作家朱天心」『中外文学』第二二巻第三期、一九九三年八月

黃毓秀「『迷園』中的性与政治」『当代台湾女性文学論』時報文化出版、一九九三年

鄭明娳「当代台湾文芸政策的発展 影響与検討」鄭明娳主編『当代台湾政治文学論』時報文化出版、一九九四年

応鳳凰「五十年代台湾文芸雑誌与文化資本」『五十年来台湾文学研討会論文集』行政院文建会出版、一九九六年

応鳳凰「五〇年代文芸雑誌概況」『文訊二一三——二十週年台湾文学雑誌専号』文訊雑誌社、二〇〇三年

彭小妍「李昂小説中的語言——由「花季」到『迷園』」『女性主義与中国文学』東海大学中文系、一九九七年

彭小妍「女作家的情欲書写与政治論述——解読『迷園』」『北港香炉人人插』、一九九七年

林芳玫「『迷園』解析——性別認同与国族認同的弔詭」『女性主義与中国文学』里仁、一九九七年

王徳威「華麗的世紀末 台湾・女作家・辺縁詩学」『想像中国的方法』三聯書店、一九九八年

張大春「一則老霊魂——朱天心小説裡的時間角力」（朱天心『想我眷村的兄弟們』麦田出版、一九九八）

杜文靖「経営一個文学社区的困境与展望——以塩分地帯文芸営為例」『這些人、那些事、某些地方』北県文化局、二〇〇〇年

梅家玲「性別ＶＳ家国 五〇年代的台湾小説——以『文芸創作』与文奨会得奨小説為例」『台大文史哲学報』第五五期、二〇〇一年一一月

呂正恵「隠蔵於歴史与郷土中的自我 李昂『自伝の小説』与朱天心『古都』」『台湾文学学報』第二期、二〇〇一年

邱彦彬「記憶失控錯置的擬相——李昂『自伝の小説』中的記憶与救贖」『中外文学』第三〇巻第八期、二〇〇二年一月

劉亮雅「九〇年代女性創傷記憶小説中的重新記憶政治 以陳燁『泥河』、李昂『迷園』与朱天心「古都」為例」（『中外文学』第三一巻第六期、二〇〇二年一一月）

呂美親「文学営隊中的台語文学現象」『台湾文学館通訊』創刊号、国家台湾文学館、二〇〇三年一〇月

張瑞芬「張愛玲的散文系譜」『逢甲人文社会学報』第八期、二〇〇四年五月

【博士論文】

（中国語文献）

蕭義玲『台湾当代小説的世紀末図象研究――以戒厳後十年（一九八七―一九九七）為観察対象』（国立台湾師範大学国文学研究所博士論文、一九九七年）

【修士論文】

（日本語文献）

高橋一聡「一九五〇年代国民党文化統合政策の変容――中国文芸協会に関する一考察」（一橋大学言語社会研究所修士論文、二〇〇六年）

（中国語文献）

古道中「中国青年政治社会之研究――中国青年救国団自強活動個案」（政治作戦学院政治所修士論文、一九八五年）

林淇養「文学伝播与社会変遷之関係研究――以七〇年代台湾報紙副刊的媒介運作為例」（中国文化大学新聞研究所修士論文、一九九三年）

陳耀宏「中国青年反共救国団全国性動態青年活動」（国立台湾師範大学体育研究所修士論文、一九九三年）

荘宜文「『中国時報』与『聯合報』小説奨研究」（国立中央大学中国文学研究所修士論文、一九九七年）

蔡淑華「眷村小説研究――以外省第二代作家為対象」（国立政治大学修士論文、一九九九年）

王佩玲「環境演化与救国団之組織変遷」（国立台湾大学政治学研究所修士論文、二〇〇一年）

蘇雅莉「高中国文課程標準与国文課本選文変遷之研究（一九五二―二〇〇四）」（国立政治大学修士論文、二〇〇四年）

康詠琪「塩分地帯文芸営研究（一九七九―二〇〇八）」（国立成功大学修士論文、二〇一〇年）

## 三、台湾文学以外の関連研究文献


【単行本】

デュジャルダン、鈴木幸夫・柳瀬尚紀訳『内的独白について』思想社、一九七〇年

ロバート・ハンフリー、石田幸太郎訳『現代の小説と意識の流れ』英宝社、一九七〇年

ジュラール・ジュネット、和泉涼一訳『物語のディスクール』水声社、一九八五年

ジャン＝フランソワ・リオタール、小林康夫訳『ポスト・モダンの条件　知・社会・言語ゲーム』（水声社、一九八六年）

江南、川上奈穂訳『蔣経国伝』同成社、一九八九年

ピエール・ブルデュー、石井洋二郎訳『ディスタンクシオンⅠ』藤原書店、一九九〇年

ピエール・ブルデュー、石井洋二郎訳『ディスタンクシオンⅡ』藤原書店、一九九〇年

ピエール・ブルデュー、石井洋二郎訳『芸術の規則Ⅰ』藤原書店、二〇〇二年

池上俊一、宮島喬、石井洋二郎『文化の権力――反射するブルデュー』藤原書店、二〇〇三年

宮島喬『文化的再生産の社会学――ブルデュー理論からの展開』藤原書店、二〇〇四年

若林正丈『東アジアの国家と社会2――台湾分裂国家と民主化』東京大学出版会、一九九二年

若林正丈『現代アジアの肖像5　蔣経国と李登輝』岩波書店、一九九七年

エレーヌ・シクスー、松本伊瑳子訳『メデューサの笑い』紀伊国屋書店、一九九三年

南本義一『中国の国語教育』渓水社、一九九五年

阪口直樹『十五年戦争期の中国文学　国民党系文化潮流の視角から』研文出版、一九九六年

瀬地山角『東アジアの家父長制――ジェンダーの比較社会学』勁草書房、一九九六年

姜尚中『オリエンタリズムの彼方へ』岩波書店、一九九六年

松井康浩『ソ連政治秩序と青年組織――コムソモールの実像と青年労働者の社会的相貌　一九一七―一九二九』九州大学出版会、一九九九年

細見和之『アイデンティティ／他者性』岩波書店、一九九九年

紅野謙介『書物の近代――メディアの文化史』筑摩書房、一九九九年
紅野謙介『投機としての文学――文学・懸賞・メディア』新曜社、二〇〇三年
岡真理『記憶／物語』岩波書店、二〇〇〇年
岡真理『彼女の「正しい」名前とは何か――第三世界フェミニズムの思想』青土社、二〇〇〇年
岡真理『棗椰子の木陰で――第三世界フェミニズムと文学の力』青土社、二〇〇六年
菅聡子『メディアの時代――明治時代をめぐる状況』双文社出版、二〇〇一年
菅聡子『女が国家を裏切るとき 女学生、一葉、吉屋信子』岩波書店、二〇一〇年
前田愛『近代読者の成立』岩波書店、二〇〇一年
洪郁如『近代台湾女性史』勁草書房、二〇〇一年
卲迎建『伝奇文学と流言人生 一九四〇年代上海・張愛玲の文学』お茶の水書房、二〇〇二年
宇野木洋・松浦恆雄編『中国二〇世紀文学を学ぶ人のために』世界思想社、二〇〇三年
宇野木洋『克服・拮抗・模索――文革後中国の文学理論領域』世界思想社、二〇〇六年
山本芳明『文学者はつくられる』ひつじ書房、二〇〇三年
何義麟『二・二八事件――台湾人形成のエスノポリティクス』東京大学出版会、二〇〇三年
竹村和子編『〝ポスト〟フェミニズム』作品社、二〇〇三年
上野千鶴子編『脱アイデンティティ』勁草書房、二〇〇五年
R・ヤング、本橋哲也・成田龍一訳『ポストコロニアリズム』岩波書店、二〇〇五年
アラン・ヴィアラ、塩川徹也監訳『作家の誕生』藤原書店、二〇〇五年
尾崎文昭編『「規範」からの離脱 中国同時代作家たちの探索』山川出版社、二〇〇六年
松田康博『台湾における一党独裁体制の成立』慶応義塾大学出版会、二〇〇六年
呉密察監修『台湾史小事典』中国書店、二〇〇七年
島崎英威『中国・台湾の出版事情』出版メディアパル、二〇〇七年

菅野敦志『台湾の国家と文化――「脱日本化」・「中国化」・「本土化」』勁草書房、二〇一一年

【論文】
（日本語文献）
夏剛「「文革」後の中国文学と日本の戦後文学――相互参照の試み」『文学』第五七巻第三号、一九八九年三月、岩波書店。
本橋哲也「応答するエイジェンシー」『現代思想』第二七巻第七号、青土社、一九九九年六月
劉素真「台湾の戒厳令時代（一九四八～一九八七年）における芸術教育方針――国立台湾芸術館の芸術活動を中心に」『美術教育学』第二一号、美術教育学会、二〇〇〇年三月
中村元哉「戦後国民党政権の文化政策（一九四五～一九四九）――憲政実施と『党国体制』」『中国研究月報』第五五巻第一二号、二〇〇一年一二月
若林正丈「戦後台湾遷占者国家における「外省人」――党国体制下の多重族群社会再編試論・その一」『東洋文化研究』第五号、学習院大学東洋文化研究所、二〇〇三年三月
菅野敦志「『教育部文化局』にみる『国民化』の諸相――台湾における『教育』と『文化』の一考察（一九六七～一九七三）」『アジア太平洋研究科論集』第八号、二〇〇四年九月
菅野敦志「中華文化復興運動にみる戦後台湾の国民党文化政策」『中国研究月報』第五九巻第五号、二〇〇五年五月
菅野敦志「戦後台湾における文化政策の転換点をめぐって――蔣経国による「文化建設」を中心に」『アジア研究』第五一巻第三号、二〇〇五年七月

※引用文献を中心に、特に参考にした文献を、原則的に出版順、同一著者のものはまとめて記載した。

# 初出一覧

第一章　「戒厳令期の台湾における「文学場」構築への一考察――救国団の文芸活動と編集者瘂弦」『日本中国学会報』第五九号、二〇〇七年一〇月

第二章　「台湾文芸営五〇年の歩み――台湾〈文学場〉構築への一考察」『現代中国』第八〇号、二〇〇六年九月
「五十年的台湾文芸営史――関於結構台湾文学場域的考察」『台湾史料研究』第二七号、二〇〇六年八月

第三章　「『聯合報』『中国時報』二大新聞の文学賞（一九七六―一九八九）をめぐって――女性作家たちによる「私たち」の台湾文学の誕生」『大妻比較文化――大妻女子大学比較文化学部紀要』第一二号、二〇一一年三月

第四章　「李昂「迷園」・『自伝の小説』における「他者」なる主人公――九〇年代の台湾文学への一考察」『お茶の水女子大学中国文学会報』第三〇号、二〇一一年四月
「朱天心「想我眷村的兄弟們」にみる限定的な「私たち」」『お茶の水女子大学中国文学会報』第二七号、二〇〇八年四月

付　録　「在日本出版的台湾文学目録」『台湾文学研究集刊』第二期、二〇〇六年一一月

# あとがき

本書は、二〇〇七年度にお茶の水女子大学大学院に提出した博士論文「戦後台湾における文学場形成と戒厳令解除後の文学」を大幅に改変し、提出後に発表した論文を加え、改稿・修正したもので、私の初めての著書です。台湾文学はなぜ熱いのか、八年前の私が感じた素朴な疑問に、現在の私が出した答えが本書です。文学のあり方も様々であると感じてくだされば幸いです。

台湾文学との出会いは、二〇〇〇年、大学四年生の春でした。広島大学の小川恒男先生の研究室で偶然見つけた『迷いの園』（李昂著、藤井省三監修、櫻庭ゆみ子訳）を卒業論文の題材として選んだあの日から、いつのまにか一二年が経ってしまいました。

文学研究の道を歩んでいくのはあまりに心細く、研究よりもっと確かで大切なことがあるように思われて何度もやめようと思いましたが、それでも続けてきたのは、台湾文学、台湾文学研究のおもしろさはもちろんのこと、多くの方々と出会い、お力をいただいたからです。特に今からお名前を挙げさせていただく皆さまとの出会いなくして、研究を続けることはできませんでした。以下、勝手にお名前を挙げることをお許しください。

お茶の水女子大学大学院でご指導くださった宮尾正樹先生には、七年間の在学中、忍耐強く常に温かく見守っていただきました。深い尊敬と感謝の気持ちでいっぱいです。出産直後に博士論文公開発表会を行うことできたのは、ひとえに宮尾先生のご尽力によるものでした。

お忙しい中、専門分野を超えて博士論文の審査の労を取ってくださった伊藤美重子先生、和田英信先生、菅聡子先生、小風秀雄先生にも心より感謝申し上げます。菅聡子先生の訃報は今でも信じられない思いですが、憧れの菅聡子先生に副査を務めていただけたことは私の一生の誇りです。大学院から進学したお茶の水女子大学で出会った尹鳳先さん、木谷富士子さん、西端彩さん、阿部沙織さん、天神裕子さん、戸高留美子さんら女性研究者仲間には卒業後もずっと支えていただいています。大先輩の佐藤普美子先生には精神的に何度も救っていただきました。

思い起こすと、最初に研究の楽しさを教えてくださったのは、卒業論文をご指導くださった小川恒男先生でした。小川先生との出会いなくして、同級生の中で成績が一番悪かった私が研究の道に進むことはなかったでしょう。広島大学で中木愛さん、瓜島（徳納）佳子さん、中谷（河内）智美さんら良き同級生たちと出会えたことも幸運でした。中木さんと卒業後も女性研究者として様々な思いを共有し合えることは、何よりの助けと励ましになっています。

大学の枠を越え発表の機会と適切なアドバイスをくださった藤井省三先生、垂水千恵先生、三木直大先生、山口守先生、河原功先生、池上貞子先生、白水紀子先生、野間信幸先生、黄英哲先生、星名宏修先生、張文薫さん、和泉司さん、西端彩さん、楊智景さん、藤澤太郎さん、大東和重さん、夫婦岩香苗さん、松崎寛子さん、謝恵貞さん、王姿雯さんを始め東京台湾文学研究会の先生方と仲間たちにはただただ感謝の思いでいっぱいです。台湾文学研究をなんとか続けることができたのは、東京台湾文学研究会ならびに同研究会の先生方、仲間の皆さまに出会えたからに他なりません。

特に、藤井省三先生には、多大な学恩を賜ったばかりでなく、本書の出版にあたりひとかたならぬお力添えをいただきました。藤井先生への感謝の思いは言葉ではとても言い尽くせませんが、心より厚くお礼申し上げます。

垂水先生には窮地を救っていただくと共に新たな研究の地平を拓いていただきました。張文薫さん、和泉司さん、楊智景さん、橋本恭子さんという素晴らしい先輩方との出会いも、私が研究を続ける大きなエネルギーになっています。

台湾で過ごした一年間は、現在も私の宝物です。台湾への長期滞在は、お茶の水女子大学の交換留学制度（二〇〇四

～〇五年）、ならびに公益財団法人交流協会の研究者派遣事業（二〇〇六年）により実現いたしました。一年余の台湾での研究生活によって、私も台湾の文学場に生きる一人になれたように思います。台湾滞在中に快く取材に応じてくださった今は亡き柏楊老師を始め、多くの作家、編集者、文学キャンプ関係者、参加者の皆さま、そして知的刺激を与え続けてくださった梅家玲老師、邱貴芬老師、應鳳凰老師、いつも研究を助けてくださった呂美親さん、鄭雅如さん、趙立新さん、尤静嫺さん、蔡蕙光さん、楊佳嫻さん、王鈺婷さん、呉三連台湾史料基金会の皆さまを始め多くの台湾の朋友たち、非常感謝！

新しい家族が増え、博士号を取得できた喜びも束の間、大学院卒業後、仕事もなく、待機児童となった娘を抱え途方に暮れる私を救ってくださったのは、川崎市認証原保育園の原良子園長でした。もし原園長に出会っていなければ、研究は諦めざるを得なかったでしょう。また、同園で愛すべきワーキングマザーたちに出会えたことも幸運でした。

二〇一〇年、大妻女子大学比較文化学部に職をいただき、研究に加え、教育という新たな役割を担い、かわいい女子学生たちを前に、私は大いに張り切り多忙ながらも充実した毎日を過ごしておりました。ちょうど一年前、本書の出版が決定した直後、乳癌に罹患していることが判り、家族、友人たち、台湾文学研究関係の皆さま、三一名のゼミ生の皆さんを始め多くの方々にご心配、ご迷惑をおかけいたしました。特に、原研二学部長、石川照子学科長、佐藤円教務委員長、アジアコースの銭国紅先生、佐藤実先生、そして今村忠純先生、上野未央先生を始め大妻女子大学比較文化学部の先生方、助手さんからは、技術的に精神的にサポートを賜り、感謝の念に堪えません。

突然、癌の世界に迷い込み、全ての自信を失った私の命と心を救ってくださった都立駒込病院の外科医北川大先生に深く感謝申し上げます。また最高の治療を受けられるようにご尽力くださった大阪大学医学部附属病院の鈴木陽三先生、ありがとうございました。

本書の出版にあたっては、東方書店の川崎道雄常務にはひとかたならぬご尽力をいただきました。編集者の朝浩之さんは、丁寧かつ緻密な編集作業により、出版初心者の私をお導きくださいました。お陰様で、本書はなんとか出版に辿り着くことができました。心より厚くお礼申し上げます。

本書を手に取っていただいた読者の皆さんにも深甚なる謝意を表します。

最後に、私事ながら、長過ぎた私の学生生活を物心両面にわたり援助し続けてくれた両親、台湾に行くことを後押ししてくれた兄、東京での一人暮らしを経済的に支えてくれた今は亡き二人の祖父に心から感謝いたします。そして、愛する夫孝之、もうすぐ五歳になる娘芽依、いつも支えてくれて本当にありがとう！

私の研究者としての人生は、まだ始まったばかりです。皆さま、これからもよろしくお願いいたします。

皆さまのご健康（と私の健康）を祈りつつ。

二〇二二年一〇月

赤松　美和子

# 事項索引

# 人名索引

# 付録　日本における台湾文学出版目録

＊初発表が1945年以降のものに限った

| 出版年月 | 書　名 | 作家名 | 中文作品名 | 日文作品名 | 訳者名或いは編者名 | 出版社 |
|---|---|---|---|---|---|---|
| 1954.12 | 濁水渓 | 邱永漢 | 濁水渓 | 濁水渓 | | 現代社 |
| 1956.2 | 密入国者の手記 | 邱永漢 | | 密入国者の手記 | | 現代社 |
| 1956.4 | アジアの孤児 | 呉濁流 | 亜細亜的孤児 | アジアの孤児 | | 一二三書房 |
| 1956.6 | 香港 | 邱永漢 | 香港 | 香港 | | 近代生活社 |
| 1957.6 | 歪められた島 | 呉濁流 | | 歪められた島 | | ひろば書房 |
| 1958.6 | 刺竹 | 邱永漢 | | 刺竹 | | 清和書院 |
| 1958.11 | 惜別亭 | 邱永漢 | | 惜別亭 | | 文芸評論新社 |
| 1967.7 | 台湾少年の歌　世界新少年少女文学選12〈中国〉 | 梁学政 | | | 笠原良郎 | 新日本出版社 |
| 1971.8 | 斗室 | 陳秀喜 | | 斗室 | | 早苗書房 |
| 1971.9 | 華麗島詩集―中華民国現代詩選 | 黄霊芝ほか | | 沼ほか | 『笠』編集委員会 | 若樹書房 |
| 1971.11 | 邱永漢自選集―香港 刺竹 | 邱永漢 | 香港 | 香港 | | 徳間書店 |
| | | | | 刺竹 | | |
| 1972.5 | 邱永漢自選集―密入国者の手記 | 邱永漢 | | 密入国者の手記 | | 徳間書店 |
| 1972.6 | 夜明け前の台湾―植民地からの告発 | 呉濁流 | 黎明前的台湾 | 夜明け前の台湾 | | 社会思想社 |
| 1972.11 | 泥濘に生きる | 呉濁流 | 泥濘 | 泥濘に生きる | | 社会思想社 |
| 1973.4 | アジアの孤児 | 呉濁流 | 亜細亜的孤児 | アジアの孤児 | | 新人物往来社 |
| 1974.1 | 荻村の人びと | 陳紀瀅 | 荻村伝 | 荻村の人びと | 藤晴光 | 新国民出版社 |
| 1975.4 | 陳秀喜詩集 | 陳秀喜 | 覆葉ほか | 覆う葉ほか | 大野芳 | 陳秀喜来日記念詩集刊行会 |

| 出版年月 | 書　　名 | 作家名 | 中文作品名 | 日文作品名 | 訳者名或いは編者名 | 出版社 |
|---|---|---|---|---|---|---|
| 1975.9 | 地に這うもの | 張文環 | 滾地郎 | 地に這うもの | | 現代文化社 |
| 1979.2 | 台湾現代詩集 | 李魁賢ほか | 地下道ほか | 地下道ほか | 北原政吉 | もぐら社 |
| | 北京のひとり者 | 陳若曦 | 晶晶的生日 | 晶晶の誕生日 | 竹内実 | 朝日新聞社 |
| | | | 查戸口 | 家族調査 | | |
| | | | 尹県長 | 尹県長 | | |
| | | | 任秀蘭 | 任秀蘭 | | |
| | | | 耿爾在北京 | 北京のひとり者 | | |
| 1979.5 | 女の国籍(上)(下) | 邱永漢 | 女人的国籍 | 女の国籍 | | 日本経済新聞社 |
| 1979.9 | さよなら・再見アジアの現代文学1—台湾 | 黄春明 | 莎喲娜啦,再見 | さよなら・再見 | 福田桂二 | めこん |
| | | | 蘋果的滋味 | りんごの味 | 福田桂二 | |
| | | | 看海的日子 | 海を見つめる日 | 田中宏 | |
| 1981.5 | 香港・濁水渓 | 邱永漢 | 香港 | 香港 | | 中央公論社 |
| | | | 濁水渓 | 濁水渓 | | |
| 1981.7 | たいわん物語 | 邱永漢 | 台湾物語 | たいわん物語 | | 中央公論社 |
| 1981.1 | 媽祖の纏足 | 陳千武 | 媽祖的纏足 | 媽祖の纏足 | 陳千武 | もぐら書房 |
| 1984.4 | 彩鳳の夢　台湾現代小説選Ⅰ | 洪醒夫 | 市井伝奇 | 市井伝奇 | 中村ふじゑ | 研文出版 |
| | | 白先勇 | 冬夜 | 冬の夜 | 松永正義 | |
| | | 陳映真 | 郷村的教室 | 村の教師 | 田中宏 | |
| | | 方方 | 陸軍上士陶多泉 | 陸軍軍曹陶多泉 | 横川正明 | |
| | | 曾心儀 | 彩鳳的心願 | 彩鳳の夢 | 林正子、中村ふじゑ | |
| 1984.7 | 終戦の賠償　台湾現代小説選Ⅱ | 李双沢 | 終戦の賠償 | 終戦の賠償 | 陳正醍 | 研文出版 |
| | | 宋沢萊 | 打牛湳村——笙仔和貴仔的伝奇 | 笙仔と貴仔の物語——打牛湳村 | 若林正丈 | |
| 1984.11 | 夢語り六章　瓊瑤作品集1 | 瓊瑤 | 六個夢 | 夢語り六章 | 田村順 | 現代出版 |
| | 銀狐　瓊瑤作品集2 | 瓊瑤 | 白狐 | 銀狐 | しばたまこと | 現代出版 |
| | 窓の外　瓊瑤作品集3 | 瓊瑤 | 窗外 | 窓の外 | 北川ふう | 現代出版 |

| 出版年月 | 書　　名 | 作家名 | 中文作品名 | 日文作品名 | 訳者名或いは編者名 | 出版社 |
|---|---|---|---|---|---|---|
| 1985.4 | 三本足の馬 台湾現代小説選Ⅲ | 鄭清文 | 三脚馬 | 三本足の馬 | 中村ふじゑ | 研文出版 |
| | | 李喬 | 小説 | 小説 | 松永正義 | |
| | | 陳映真 | 山路 | 山道 | 岡崎郁子 | |
| 1986.7 | 台湾詩集　世界現代詩文庫12 | 李魁賢 | 鸚鵡 | 鸚鵡 | 北影一 | 土曜美術社 |
| | | 蓉子 | 我的粧鏡是一隻弓背的猫 | 私の鏡は弓形の猫 | | |
| | | 林宗源ほか | 一支針補出一個無全款的世界 | 一本の針でつくろう世界 | | |
| | 李魁賢詩集・楓の葉 | 李魁賢 | 楓葉ほか | 楓の葉ほか | 北影一 | アカデミー書房 |
| | 世界むかし話 中国2（台湾）・モンゴル | | 虎姑婆ほか | 虎姑婆ほか | 橋本哲 | ほるぷ出版 |
| 1989.5 | 台湾現代詩集（続） | 李魁賢ほか | 楓葉ほか | 楓の葉ほか | 北原政吉 | もぐら社 |
| 1990.7 | 『SFマガジン』第396号 | 張系国 | 香格里拉 | モノリス惑星 | 林久之 | 早川書房 |
| | | | 銅像城 | 銅像城 | 徐瑞芳 | |
| | | | 翻訳絶唱 | 通訳の絶唱 | 徐瑞芳 | |
| 1990.9 | 最後の貴族 | 白先勇 | 玉卿嫂 | 玉卿嫂の恋 | 中村ふじゑ | 徳間文庫 |
| | | | 寂寞的十七歳 | 寂しき十七歳 | | |
| | | | 花橋栄記 | 花橋栄記 | | |
| | | | 謫仙記 | 最後の貴族 | | |
| 1991.1 | デイゴ燃ゆ 台湾現代小説選　別巻 | 劉大任 | 浮游群落 | デイゴ燃ゆ | 岡崎郁子 | 研文出版 |
| 1991.3 | サハラ砂漠 | 三毛 | 撒哈拉的故事 | サハラ砂漠 | 妹尾佳代 | 筑摩書房 |
| 1991.9 | バナナボート ―台湾文学への招待　発見と冒険の中国文学6 | 白先勇 | 永遠的尹雪艶 | 永遠の輝き | 野間信幸 | JICC出版局 |
| | | 白先勇 | 那片血一般紅的杜鵑花 | 赤いつつじ | | |
| | | 張系国 | 香蕉船 | バナナボート | | |
| | | 張系国 | 水淹鹿耳門 | シカゴの裏街 | | |
| | | 黄春明 | 戦士，乾杯! | 戦士、乾杯！ | 下村作次郎 | |

| 出版年月 | 書　　名 | 作家名 | 中文作品名 | 日文作品名 | 訳者名或いは編者名 | 出版社 |
|---|---|---|---|---|---|---|
| | | 鍾理和 | 故郷 | 故郷 | 澤井律之 | |
| | | 李喬 | 告密者 | 密告者 | 下村作次郎 | |
| | | 施明正 | 喝尿者 | 尿を飲む男 | 澤井律之 | |
| | | 李昂 | 一封未寄的情書 | G・Lへの手紙 | 山内一恵 | |
| 1992.6 | 香港・濁水渓―永漢ベスト・シリーズ11 | 邱永漢 | 香港 | 香港 | | 実業之日本社 |
| | | | 濁水渓 | 濁水渓 | | |
| | 笑いの共和国中国ユーモア文学傑作選 | 柏楊 | 秘密 | 秘密 | 長堀祐造 | 白水社 |
| | | 張系国 | 愛奴―沙猪伝奇之三 | 愛奴 | 垂水千恵 | |
| 1992.11 | 安安の夏休み | 朱天文 | 外婆家的暑假 | おばあちゃんとこの夏 | 田村志津枝 | 筑摩書房 |
| | | | 安安的假期 | 安安の夏休み | | |
| | | | 炎夏之都 | 炎夏の都 | | |
| | | | 世紀末的華麗 | 世紀末的華麗 | | |
| | 悲情の山地―台湾原住民小説選 | 鍾理和 | 仮黎婆 | 山地の女 | 下村作次郎、呉錦発 | 田畑出版 |
| | | 鍾肇政 | 猟熊的人 | 熊狩りに挑む男たち | | |
| | | 田雅各 | 最後的猟人 | 最後の猟人 | | |
| | | 胡台麗 | 呉鳳之死 | 呉鳳の死 | | |
| | | 田雅各 | 馬難明白了 | マナン、わかった | | |
| | | 李喬 | 巴斯達矮考 | パスタアイ考 | | |
| | | 田雅各 | 朱儒族 | 小人族 | | |
| | | 古蒙仁 | 碧岳村遺事 | 碧岳村遺事 | | |
| | | 陳英雄 | 雛鳥涙 | ひな鳥の涙 | | |
| | | 呉錦発 | 燕鳴的街道 | 燕が鳴く小道 | | |
| | | 葉智中 | 我的朋友住佳霧 | 佳霧に住む友 | | |
| 1993.1 | 寒玉楼 | 瓊瑤 | 雪珂 | 寒玉楼 | 近藤直子 | 文藝春秋 |
| | 我的故事(わたしの物語) | 瓊瑤 | 我的故事 | 我的故事(わたしの物語) | 近藤直子 | 文藝春秋 |
| 1993.2 | 陳千武詩集 | 陳千武 | 密林詩抄 | 密林詩抄 | 秋吉久紀夫 | 土曜美術社 |

| 出版年月 | 書　　名 | 作家名 | 中文作品名 | 日文作品名 | 訳者名或いは編者名 | 出版社 |
|---|---|---|---|---|---|---|
| 1993.5 | 台湾現代詩人何瑞雄　沈黙の海からの声 | 何瑞雄 | 沈黙之海的声音 | 沈黙の海からの声 | 何瑞雄、内山加代 | 詩郷 |
| | 阿里山の神木―台湾の創作童話 | 鄭清文 | 燕心果 | 燕心果 | 岡崎郁子 | 研文出版 |
| | | | 紅亀粿 | モチ | | |
| | | | 阿里山的神木 | 阿里山の神木 | | |
| | | | 泥鰍和渓哥仔 | ドジョウとハヤ | | |
| | | | 蛇婆 | ヘビ婆 | | |
| | | | 蜂鳥的眼涙 | ハチドリの涙 | | |
| | | | 松鼠的尾巴 | リスのしっぽ | | |
| | | | 白沙談灘上的琴声 | 鳴き砂 | | |
| | | | 捉鬼記 | 孝行息子の亡霊退治 | | |
| | | | 火雞密使 | 七面鳥の密使 | | |
| | | | 夜襲火雞城 | 孔雀の夜襲 | | |
| | | | 鬼婆 | 亡霊妻 | | |
| | | | 斑馬 | シマウマ | | |
| | | | 石頭王 | 石の王さま | | |
| | | | 鬼姑娘 | むすめ塚 | | |
| 1993.6 | 夫殺し | 李昂 | 殺夫 | 夫殺し | 藤井省三 | 宝島社 |
| 1994.1 | 邱永漢短篇小説傑作選　見えない国境線 | 邱永漢 | | 香港密入国者の手記 | | 新潮社 |
| | | | | 華僑 | | |
| | | | | 客死 | | |
| | | | | 濁水渓 | | |
| | | | | 検察官 | | |
| | | | | 故園 | | |
| | | | | 香港 | | |
| | | | | 惜別亭 | | |
| | | | | 毛沢西 | | |
| | | | | 首 | | |
| | | | | 長すぎた戦争 | | |

| 出版年月 | 書　　名 | 作家名 | 中文作品名 | 日文作品名 | 訳者名或いは編者名 | 出版社 |
|---|---|---|---|---|---|---|
| | | | | 見えない国境線ほか | | |
| 1994.2 | 台湾万葉集 | 孤蓬万里 | | | 孤蓬万里 | 集英社 |
| 1995.1 | 台湾万葉集（続編） | 孤蓬万里 | | | 孤蓬万里 | 集英社 |
| 1996.3 | 恋恋神話　ふたたびの春 | 瓊瑤 | 聚散両依依 | 恋恋神話 ふたたびの春 | 長谷川幸生 | 早稲田出版 |
| | 四喜憂国 | 張大春 | 四喜憂国 | 四喜、國ヲ憂ウ | 孩子王クラス | 藍天文芸出版社 |
| | | | 将軍碑 | 将軍碑 | | |
| 1996.11 | 世界文学のフロンティア第2巻　愛のかたち | 李昂 | 色陽 | 色陽 | 藤井省三 | 岩波書店 |
| 1997.7 | 世紀末の華やぎ　アジア女流作家シリーズ第4巻 | 朱天文 | 柴師父 | 柴師父 | 小針朋子 | 紀伊國屋書店 |
| | | | 尼羅河女児 | ナイルの娘 | | |
| | | | 世紀末的華麗 | 世紀末の華やぎ | | |
| | | | 恍如昨日 | 昔日の夢 | | |
| | | | 紅玫瑰呼叫你 | 赤いバラが呼んでいる | | |
| 1998.3 | 鳥になった男—台湾現代小説選Ⅳ | 呉錦発 | 消失的男性 | 鳥になった男 | 中村ふじゑ | 研文出版 |
| | | 黄春明 | 放生 | 放生 | 中村ふじゑ | |
| | | 黄凡 | 頼索 | 頼索氏の困惑 | 中村ふじゑ | |
| | | 郭箏 | 好個翹課天 | 学校をサボった日 | 坂本志げ子 | |
| | 現代中国短編集 | 李昂 | 辞郷 | さらば故郷 | 藤井省三 | 平凡社 |
| | | | 西蓮 | 西蓮 | | |
| | | | 水麗 | 水麗 | | |
| 1998.6 | カバランの少年 | 李潼 | 少年噶瑪蘭 | カバランの少年 | 中由美子 | てらいんく |
| | 謝雪紅·野の花は枯れず—ある台湾人女性革命家の生涯 | 陳芳明 | 謝雪紅評伝 | 謝雪紅·野の花は枯れず—ある台湾人女性革命家の生涯 | 森幹夫 | 社会評論社 |

| 出版年月 | 書　名 | 作家名 | 中文作品名 | 日文作品名 | 訳者名或いは編者名 | 出版社 |
|---|---|---|---|---|---|---|
| 1998.8 | ビンロウ大王物語―伝説·台湾原住民ペイナン族 | 陳千武 | 檳榔大王遷徙記 | ビンロウ大王物語 | 安田学、保坂登志子 | かど創房 |
| 1998.12 | 楚留香蝙蝠伝奇（上）（中）（下） | 古龍 | 楚留香伝奇 | 楚留香蝙蝠伝奇 | 土屋文子 | 小学館 |
| 1999.2 | 陸小鳳伝奇 | 古龍 | 陸小鳳伝奇 | 陸小鳳伝奇 | 安部敦子 | 小学館 |
| 1999.3 | 迷いの園―新しい台湾の文学 | 李昂 | 迷園 | 迷いの園 | 櫻庭ゆみ子、藤井省三 | 国書刊行会 |
| | 二つの故郷のはざまで | 白先勇 | 花橋栄記 | 花橋栄記 | 孩子王クラス | 藍天文芸出版社 |
| | | 朱天心 | 想我眷村的兄弟們 | 眷村の兄弟たちよ | | |
| 1999.4 | 城南旧事 | 林海音 | 城南旧事 | 城南旧事 | 杉野元子 | 新潮社 |
| | 聖白虎伝――The Last Asian Hero（1）（2）（3）（4） | 古龍 | 白玉老虎 | 聖白虎伝 | 寺尾多美恵 | エニックス |
| 1999.6 | 歓楽英雄 | 古龍 | 歓楽英雄 | 歓楽英雄 | 中田久美子 | 学研 |
| | 台北ストーリー―新しい台湾の文学 | 張系国 | 夜曲 | ノクターン | 山口守 | 国書刊行会 |
| | | 朱天心 | 我記得… | 記憶のなかで | 三木直大 | |
| | | 張大春 | 将軍碑 | 将軍の記念碑 | 三木直大 | |
| | | 朱天文 | 伊甸不再 | エデンはもはや | 三木直大 | |
| | | 黄凡 | 総統的販売機 | 総統の自動販売機 | 渡辺浩平 | |
| | | 平路 | 台湾奇蹟 | 奇跡の台湾 | 池上貞子 | |
| | | 白先勇 | 金大班的最後一夜 | 最後の夜 | 山口守 | |
| | 辺城浪子（1）（2） | 古龍 | 辺城浪子 | 辺城浪子 | 岡崎由美 | 小学館 |
| 1999.8 | 辺城浪子（3）（4） | | | | | 小学館 |
| | 愛する人は火焼島に | 張香華 | 我愛的人在火焼島上 | 愛する人は火焼島に | 今辻和典 | 書肆青樹社 |
| 2000.1 | 猟女犯　元台湾特別志願兵の追想 | 陳千武 | 猟女犯 | 猟女犯 | 保坂登志子 | 洛西書院 |
| | | | 日治時期台湾特別志願兵的回憶 | 元台湾特別志願兵の追想 | | |

| 出版年月 | 書　　名 | 作家名 | 中文作品名 | 日文作品名 | 訳者名或いは編者名 | 出版社 |
|---|---|---|---|---|---|---|
| 2000.6 | 古都―新しい台湾の文学 | 朱天心 | 古都 | 古都 | 清水賢一郎 | 国書刊行会 |
| | | | 匈牙利之水 | ハンガリー水 | | |
| | | | 第凡内早餐 | ティファニーで朝食を | | |
| | | | 拉曼査志士 | ラ・マンチャの騎士 | | |
| | | | 威尼斯之死 | ヴェニスに死す | | |
| 2000.7 | 帰郷 | 陳映真 | 帰郷 | 帰郷 | 孩子王クラス | 藍天文芸出版社 |
| 2001.2 | 乞食の子 | 頼東進 | 乞丐囝仔 | 乞食の子 | 納村公子 | 小学館 |
| 2001.5 | チュ・ママの台湾民話　アジア心の民話 | | | 蓬莱仙島――台湾のはじまり | 野村敬子、松田健司、邱月莠 | 星の環会 |
| | | | | 中秋節の由来 | | |
| | | | | 月の桂 | | |
| | | | | 八月十五夜 | | |
| | | | | 天童 | | |
| | | | | 蟻の由来 | | |
| | | | | かしこい末娘 | | |
| 2001.7 | 鹿港からきた男―新しい台湾の文学 | 黄春明 | 鑼 | 銅鑼 | 垂水千恵 | 国書刊行会 |
| | | 黄春明 | 児子的大玩偶 | 坊やの人形 | 山口守 | |
| | | 王拓 | 金水嬸 | 金水嬸 | 三木直大 | |
| | | 宋沢莱 | 抗暴的打猫市 | 腐乱 | 三木直大 | |
| | | 王禎和 | 香格里拉 | シャングリラ | 池上貞子 | |
| | | 王禎和 | 嫁粧一牛車 | 鹿港からきた男 | 池上貞子 | |
| 2002.1 | 台湾現代詩集 | 陳秀喜 | 愛情 | 愛情 | 林永福、是永駿、上田哲二 | 国書刊行会 |
| | | 陳千武 | 海峡 | 愛と怨みの交錯 | | |
| | | 余光中 | 東京新宿駅 | 東京新宿駅 | | |
| | | 洛夫 | 灰燼之外 | 灰燼の向こう | | |
| | | 羅門 | 窗 | 窓 | | |
| | | 商禽 | 滅火機 | 消火器 | | |

| 出版年月 | 書　　名 | 作家名 | 中文作品名 | 日文作品名 | 訳者名或いは編者名 | 出版社 |
|---|---|---|---|---|---|---|
| | | 瘂弦 | 深淵 | 深淵 | | |
| | | 鄭愁予 | 錯誤 | 錯誤 | | |
| | | 白萩 | 領空 | 領空 | | |
| | | 李魁賢 | 鸚鵡 | 鸚鵡 | | |
| | | 張香華 | 椅子 | 椅子 | | |
| | | 楊牧 | 学院之樹 | 学園の樹 | | |
| | | 席慕蓉 | 一顆開花的樹 | 花ざかりの樹 | | |
| | | 張錯 | 洛城草 | 洛城草子 | | |
| | | 向陽 | 水歌 | 水の歌 | | |
| | | 焦桐 | 軍中楽園守則 | 軍中楽園規則 | | |
| | | モーナノン | 百步蛇死了 | 百歩蛇は死んだ | | |
| | | 許悔之 | 白蛇説 | 白蛇が言う | | |
| | | 顔艾琳 | 中年前期ほか | 中年前期ほか | | |
| 2002.2 | 黎明の縁 | 焦桐 | 軍中楽園守則ほか | 軍中楽園使用規則ほか | 日本 - 台湾現代詩共同翻訳セミナー | 新潮社 |
| | 服のなかに住んでいる女 | 陳義芝 | 住在衣服裡的女人ほか | 服のなかに住んでいる女ほか | 日本 - 台湾現代詩共同翻訳セミナー | 新潮社 |
| | 多情剣客無情剣　海外シリーズ(上)(下) | 古龍 | 多情剣客無情剣 | 多情剣客無情剣 | 岡崎由美 | 角川書店 |
| 2002.3 | 宋王之印 | 国江春菁(黄霊芝) | | 宋王之印ほか | 岡崎郁子 | 慶友社 |
| | ヴィクトリア倶楽部—新しい台湾の文学 | 施叔青 | 維多利亜俱楽部 | ヴィクトリア倶楽部 | 藤井省三 | 国書刊行会 |
| 2002.4 | 客家の女たち—新しい台湾の文学 | 鍾理和 | 貧賤夫妻 | 貧しい夫婦 | 澤井律之 | 国書刊行会 |
| | | 鍾理和 | 仮黎婆 | 祖母の想い出 | 澤井律之 | |
| | | 李喬 | 母親的画像 | 母親 | 三木直大 | |
| | | 李喬 | 山女 | 山の女 | 三木直大 | |
| | | 彭小妍 | 純真年代—囍宴 | 客家村から来た花嫁 | 安部悟 | |
| | | 呉錦発 | 燈籠花 | 燈籠花 | 渡辺浩平 | |

| 出版年月 | 書　　名 | 作家名 | 中文作品名 | 日文作品名 | 訳者名或いは編者名 | 出版社 |
|---|---|---|---|---|---|---|
| | | 鍾鉄民 | 蘿蔔嫂 | 大根女房 | 澤井律之 | |
| | | 鍾鉄民 | 大姨 | 伯母の墓碑銘 | 澤井律之 | |
| | | 鍾肇政 | 阿枝和他的女人 | 阿枝とその女房 | 松浦恆雄 | |
| 2002.6 | 『植民地文化研究』創刊号 | 葉石濤 | 夜襲 | 夜襲 | 西田勝 | 植民地文化学会 |
| 2002.12 | シリーズ台湾現代詩 I　李魁賢・李敏勇・路寒袖 | 李魁賢 | 玉山絶嶺 | 玉山の絶頂 | 上田哲二 | 国書刊行会 |
| | | 李敏勇 | 日蝕 | 日蝕 | 島由子 | |
| | | 路寒袖 | 酒女ほか | 酒場の女ほか | 島田順子 | |
| | 名前を返せ―モーナノン／トパス・タナピマ集 台湾原住民文学選 1 | モーナノン | 恢復我們的姓名 | 僕らの名前を返せ | 下村作次郎 | 草風館 |
| | | | 百歩蛇死了 | 百歩蛇は死んだ | | |
| | | | 鐘声響起時―給受難的山地雛妓姉妹們 | 鐘が鳴るとき：受難の山地の幼い妓女姉妹に | | |
| | | トパス・タナピマ | 最後的猟人 | 最後の猟人 | | |
| | | | 馬難明白了ほか | マナン、わかったよほか | | |
| 2003.3 | 故郷に生きる 台湾原住民文学選2 | リカラッ・アウー | 誰来穿我織的美麗衣装 | 誰がこの衣装を着るのだろうか | 魚住悦子 | 草風館 |
| | | | 想離婚的耳朵 | 離婚したい耳 | | |
| | | | 祖霊遺忘的孩子 | 祖霊に忘れられた子ども | | |
| | | | 紅嘴巴的VuVu | 赤い唇のヴヴ | | |
| | | | 穆莉淡ほか | ムリダンほか | | |
| | | シャマン・ラポガン | 黒色的翅膀 | 黒い胸びれ | | |
| 2003.6 | 天の涯までも―小説・孫文と宋慶齢 | 平路 | 行道天涯 | 天の涯までも | 池上貞子 | 風濤社 |
| | 藍色夏恋 | 易智言 楊雅哲 | 藍色大門 | 藍色夏恋 | 樋口裕子 | 角川書店 |

| 出版年月 | 書　　名 | 作家名 | 中文作品名 | 日文作品名 | 訳者名或いは編者名 | 出版社 |
|---|---|---|---|---|---|---|
| 2003.11 | 永遠の山地―ワリス・ノカン集　台湾原住民文学選3 | ワリス・ノカン | 山是一座学校 | 山は学校 | 中村ふじゑ | 草風館 |
| | | | 永遠的部落ほか | 永遠の部落ほか | | |
| 2004.2 | 『新潮』2月号 | 李昂 | 国域之北 吹竹節的鬼 | 海峡を渡る幽霊 | 藤井省三 | 新潮社 |
| | シリーズ台湾現代詩II　陳義芝・焦桐・許悔之 | 陳義芝 | 焚寄 一九四九 | 燃えて寄す 一九四九 | 松浦恆雄 | 国書刊行会 |
| | | 焦桐 | 三民主義試題 | 三民主義試験 | 上田哲二 | |
| | | 許悔之 | 凱達格蘭、十三行ほか | ケタガラン、十三行ほか | 島田順子 | |
| 2004.3 | 海よ山よ―十一民族作品集　台湾原住民文学選4 | 孫大川 | 母親的歴史、歴史的母親 | 母の歴史、歴史の母 | 柳本通彦 | 草風館 |
| | | ユパス・ナウキヒ | 出草 | 出草 | 松本さち子 | |
| | | 蔡金智 | 花痕 | 花痕 | 柳本通彦 | |
| | | マサオ・アキ | 泰雅人的七家灣渓 | タイヤル人の七家湾渓 | 松本さち子 | |
| | | アウヴィニ・カドリスガン | 雲豹的伝人 | 雲豹の伝人 | 柳本通彦 | |
| | | ホスルマン・ヴァヴァ | 生之祭 | 生の祭 | 松本さち子 | |
| | | バタイ | 薑路 | 薑路 | | |
| | | サキヌ | 飛鼠大学 | ムササビ大学 | | |
| | | リムイ・アキ | 小公主 | プリンセス | | |
| | | ヴァツク | 紅点 | 紅点 | 柳本通彦 | |
| | | ネコッ・ソクルマン | 霧夜 | 霧の夜 | | |
| | | パイツ・ムクナナ | 親愛的Aki,請您不要生気ほか | 親愛なるアキイ、どうか怒らないでください ほか | 松本さち子 | |

| 出版年月 | 書　　名 | 作家名 | 中文作品名 | 日文作品名 | 訳者名或いは編者名 | 出版社 |
|---|---|---|---|---|---|---|
| 2004.7 | 『植民地文化研究』第3号 | 李喬 | 阿妹伯 | 阿妹伯 | 三木直大 | 植民地文化学会 |
| 2004.10 | 自伝の小説―新しい台湾の文学 | 李昂 | 自伝の小説 | 自伝の小説 | 藤井省三 | 国書刊行会 |
| 2004.12 | シリーズ台湾現代詩集Ⅲ　楊牧・余光中・鄭愁予・白萩 | 楊牧 | 流蛍 | 流蛍 | 上田哲二 | 国書刊行会 |
| | | 余光中 | 戯李白 | 李白をからかう | 三木直大 | |
| | | 鄭愁予 | 錯誤 | 錯誤 | 是永駿 | |
| | | 白萩 | 流浪者ほか | 流浪者ほか | 島田順子 | |
| | 何日君再来―いつの日きみ帰る　ある大スターの死 | 平路 | 何日君再来 | 何日君再来―いつの日きみ帰る ある大スターの死 | 池上貞子 | 風濤社 |
| 2005.8 | ワイルド・キッド | 大頭春(張大春) | 野孩子 | ワイルド・キッド | 岸田登美子 | 早川書房 |
| 2006.1 | 寒夜―新しい台湾の文学 | 李喬 | 寒夜 | 寒夜 | 岡崎郁子、三木直大 | 国書刊行会 |
| 2006.2 | 幌馬車の歌 | 藍博洲 | 幌馬車之歌 | 幌馬車の歌 | 間ふさ子、妹尾加代 | 草風館 |
| 2006.3 | 楊牧詩集―カッコウアザミの歌 | 楊牧 | 霍香薊之歌 | カッコウアザミの歌 | 上田哲二 | 思潮社 |
| 2006.4 | 孽子―新しい台湾の文学 | 白先勇 | 孽子 | 孽子 | 陳正醍 | 国書刊行会 |
| | 暗幕の形象―陳千武詩集　台湾現代詩シリーズ1 | 陳千武 | 影子的形象ほか | 暗幕の形象ほか | 三木直大 | 思潮社 |
| | 深淵―瘂弦詩集　台湾現代詩シリーズ2 | 瘂弦 | 深淵ほか | 深淵ほか | 松浦恆雄 | 思潮社 |
| 2006.7 | 『植民地文化研究』第5号 | 桑品戴 | 向往一場戦争 | 戦争にあこがれて | 道上知弘 | 植民地文化学会 |
| 2006.8 | 神々の物語―神話・伝説・昔話集　台湾原住民文学選5 | | 大洪水後ほか | 大洪水とその後ほか | 紙村徹 | 草風館 |
| | 『現代詩手帖』第49巻第8号 | 林亨泰 | 有孤岩的風景 | 孤岩の風景 | 三木直大 | 思潮社 |
| | | 陳黎 | 二月 | 二月 | | |
| | | 許悔之 | 年代 | 年月 | | |

| 出版年月 | 書　　名 | 作家名 | 中文作品名 | 日文作品名 | 訳者名或いは編者名 | 出版社 |
|---|---|---|---|---|---|---|
| | | 洛夫 | 海之外 | 海の外 | 松浦恆雄 | |
| | | 羅門 | 窗 | 窓 | | |
| | | 商禽 | 梯 | ハシゴ | 上田哲二 | |
| | | 張錯 | 美麗与哀愁 | 美と哀しみ | | |
| | | 非馬 | 鳥魚詩人 | 鳥魚詩人 | 池上貞子 | |
| | | 杜国清 | 寂寞的猟者 | さびしき狩人 | | |
| | | 焦桐 | 戒厳ほか | 戒厳ほか | | |
| 2006.12 | 荒人手記―新しい台湾の文学 | 朱天文 | 荒人手記 | 荒人手記 | 池上貞子 | 国書刊行会 |
| | 越えられない歴史―林亨泰詩集　台湾現代詩人シリーズ3 | 林亨泰 | 跨不過的歴史ほか | 越えられない歴史ほか | 三木直大 | 思潮社 |
| | 遙望の歌―張錯詩集　台湾現代詩人シリーズ4 | 張錯 | 另一種遙望・浪遊者之歌ほか | 遙望の歌ほか | 上田哲二 | 思潮社 |
| 2007.5 | 星雲組曲―新しい台湾の文学 | 張系国 | 星雲組曲 | 星雲組曲 | 山口守 | 国書刊行会 |
| | | | 星塵組曲 | 星塵組曲 | 三木直大 | |
| 2007.7 | 『植民地文化研究』第6号 | 戴文采 | 最後的黄埔 | 最後の黄埔 | 道上知弘 | 植民地文化学会 |
| 2007.12 | 完全強壮レシピ―焦桐詩集　台湾現代詩人シリーズ5 | 焦洞 | 完全壮陽食譜 | 完全強壮レシピ | 池上貞子 | 思潮社 |
| | 奇萊前書―ある台湾詩人の回想 | 楊牧 | 奇萊前書ほか | 奇萊前書ほか | 上田哲二 | 思潮社 |
| | 鹿の哀しみ―許悔之詩集　台湾現代詩人シリーズ6 | 許悔之 | 有鹿哀愁ほか | 鹿の哀しみほか | 三木直大 | 思潮社 |
| 2008.5 | 台北人―新しい台湾の文学 | 白先勇 | 台北人 | 台北人 | 山口守 | 国書刊行会 |
| 2008.6 | 晴乞い祭り―散文・短編小説集　台湾原住民文学選6 | ホルスマン・ヴァヴァ | 生之祭 | 晴乞い祭り | 松本さち子 | 草風館 |
| | | 陳英雄 | 旋風酋長 | 旋風酋長 | 中村平ほか | |

| 出版年月 | 書　　名 | 作家名 | 中文作品名 | 日文作品名 | 訳者名或いは編者名 | 出版社 |
|---|---|---|---|---|---|---|
| | | バタイ | 山地眷村 | 山地眷村 | 松本さち子 | |
| | | リムイ・アキ | 山野笛声 | 山野の笛の音 | 松本さち子 | |
| | | 林俊明 | 輓歌 | 挽歌 | 中古苑生 | |
| | | 甘炤文 | 賦格練習 | フーガの練習 | 中古苑生 | |
| | | 李永松 | 雪国再見 | 雪山の民 | 山本由紀子 | |
| | | ネコッ・ソクルマン | 衝突 | 衝突 | 柳本通彦 | |
| | | パイツ・ムクナナ | 木屐 | 下駄 | 松本さち子 | |
| | | 孫大川 | 活出歴史—台湾原住民的過去、現在与未来 | 歴史を生きる—原住民の過去・現在そして未来 | 安場淳 | |
| | | サキヌ | 走風的人 | 風の人 | 柳本通彦 | |
| | | アビョン（程廷） | 迴游ほか | 回遊ほか | 魚住悦子 | |
| | 台湾人元日本兵の手記 小説集『生きて帰る』台湾研究叢書 | 陳千武 | 活著回来—日治時期台湾特別志願兵的回憶 | 生きて帰る | 丸川哲史 | 明石書店 |
| 2008.7 | 『植民地文化研究』第7号 | 黄錦樹 | 魚骸 | 魚の骨 | 羽田朝子 | 植民地文化学会 |
| 2008.10 | 三生三世—中国・台湾・アメリカに生きて | 聶華苓 | 三生三世 | 三生三世 | 島田順子 | 藤原書店 |
| 2008.12 | 台湾セクシュアル・マイノリティ文学1　長篇小説—邱妙津『ある鰐の手記』 | 邱妙津 | 鰐魚手記 | ある鰐の手記 | 垂水千恵 | 作品社 |
| | 台湾セクシュアル・マイノリティ文学2 中・短篇集—紀大偉作品集『膜』【ほか全4篇】 | 紀大偉 | 膜 | 膜 | 白水紀子 | 作品社 |
| | | | 他的眼底、你的掌心、即将綻放—朶紅玫瑰 | 赤い薔薇が咲くとき | | |
| | | | 儀式 | 儀式 | | |
| | | | 早餐 | 朝食 | | |

| 出版年月 | 書　名 | 作家名 | 中文作品名 | 日文作品名 | 訳者名或いは編者名 | 出版社 |
|---|---|---|---|---|---|---|
| 2009.2 | 契丹のバラ─席慕蓉詩集　台湾現代詩人シリーズ7 | 席慕蓉 | 契丹的玫瑰ほか | 契丹のバラほか | 池上貞子 | 思潮社 |
| | 乱─向陽詩集　台湾現代詩人シリーズ8 | 向陽 | 乱ほか | 乱ほか | 三木直大 | 思潮社 |
| 2009.3 | 台湾セクシュアル・マイノリティ文学3　小説集─『新郎新"夫"』【ほか全6篇】 | 許佑生 | 男婚男嫁 | 新郎新"夫" | 池上貞子 | 作品社 |
| | | 呉継文 | 天河撩乱 | 天河撩乱─薔薇は復活の過去形 | 佐藤普美子 | |
| | | 阮慶岳 | 河内美麗男 | ハノイのハンサムボーイ | 三木直大 | |
| | | 曹麗娟 | 童女之舞 | 童女の舞 | 赤松美和子 | |
| | | 洪淩 | 獣難 | 受難 | 櫻庭ゆみ子 | |
| | | 陳雪 | 尋找天使遺失的翅膀 | 天使が失くした翼をさがして | 白水紀子 | |
| 2009.5 | 海人・猟人─シャマン・ラポガン集/アオヴィニ・カドゥスガヌ集　台湾原住民文学選7 | シャマン・ラポガン | 海人 | 海人 | 魚住悦子 | 草風館 |
| | | | 漁夫的誕生 | 漁夫の誕生 | | |
| | | アオヴィニ・カドゥスガヌ | 猟人ほか | 猟人ほか | 下村作次郎 | |
| 2009.7 | 『植民地文化研究』第8号 | 葉石濤 | 紅鞋子 | 赤い靴 | 豊田周子 | 植民地文化学会 |
| 2009.12 | 海角七号 君想う、国境の南 | 魏徳聖 藍弋豊 | 海角七号 | 海角七号 君想う、国境の南 | 岡本悠馬、木内貴子 | 徳間書店 |
| 2010.7 | 『植民地文化研究』第9号 | 黎紫書 | 山瘟 | 山の厄神 | 荒井茂夫 | 植民地文化学会 |
| 2010.11 | 吉陵鎮ものがたり　台湾熱帯文学1 | 李永平 | 吉陵春秋 | 吉陵鎮ものがたり | 池上貞子、及川茜 | 人文書院 |
| 2010.12 | 象の群れ　台湾熱帯文学2 | 張貴興 | 群象 | 象の群れ | 松浦恆雄 | 人文書院 |
| | 華麗島の辺縁 | 陳黎 | 島嶼辺縁 | 華麗島の辺縁 | 上田哲二 | 思潮社 |

| 出版年月 | 書　　名 | 作家名 | 中文作品名 | 日文作品名 | 訳者名或いは編者名 | 出版社 |
|---|---|---|---|---|---|---|
| 2011.7 | 『植民地文化研究』第10号 | 舞鶴 | 調査:叙述 | 調査:叙述 | 小笠原淳 | 植民地文化学会 |
| | 新しい世界―鴻鴻詩集　台湾現代詩人シリーズ9 | 鴻鴻 | 壁抜少年ほか | 壁を抜ける少年ほか | 三木直大 | 思潮社 |
| 2011.8 | あなたに告げた―陳育虹詩集　台湾現代詩人シリーズ10 | 陳育虹 | 我告訴過你ほか | あなたに告げた ほか | 佐藤普美子 | 思潮社 |
| 2011.9 | 夢と豚と黎明―黄錦樹作品集　台湾熱帯文学3 | 黄錦樹 | 夢与猪与黎明 | 夢と豚と黎明 | 大東和重 | 人文書院 |
| | | | 魚骸 | 魚の骨 | 羽田朝子 | |
| | | | 開往中国的慢船 | 中国行きのスローボート | 森美千代 | |
| | | | 阿拉的旨意ほか | アッラーのご意志ほか | 濱田麻矢 | |
| | 白蟻の夢魔―短編小説集　台湾熱帯文学4 | 黎紫書 | 蛆魘 | 白蟻の夢魔 | 荒井茂夫 | 人文書院 |
| | | 陳政欣 | 鎮上的三層楼 | 街で最も高い建物 | 西村正男 | |
| | | 温祥英 | 清教徒 | 清教徒 | 今泉秀人 | |
| | | 潘雨桐 | 一水天涯 | この海はるかに | 今泉秀人 | |
| | | 梁放 | 瑪拉阿妲 | マラアタ | 荒井茂夫 | |
| | | 賀淑芳 | 別再提起 | 思い出してはならない | 豊田周子 | |
| | | 張錦忠 | 孟得革 | 一九五七年の独立(ムルデカ) | 今泉秀人 | |
| | | 李天葆 | 双女情歌ほか | 二人の女の恋の歌ほか | 豊田周子 | |
| 2011.11 | 橋の上の子ども | 陳雪 | 橋上的孩子 | 橋の上の子ども | 白水紀子 | 現代企画室 |
| 2011.12 | 禅の味―洛夫詩集　台湾現代詩人シリーズ11 | 洛夫 | 詩、魔、禅ほか | 禅の味ほか | 松浦恆雄 | 思潮社 |
| | ギリシャ神弦曲―杜国清詩集 台湾現代詩人シリーズ12 | 杜国清 | 希臘神弦曲ほか | ギリシャ神弦曲ほか | 池上貞子 | 思潮社 |

| 出版年月 | 書　　名 | 作家名 | 中文作品名 | 日文作品名 | 訳者名或いは編者名 | 出版社 |
|---|---|---|---|---|---|---|
| | 無明の涙―陳克華詩集　台湾現代詩人シリーズ13 | 陳克華 | 無明之涙ほか | 無明の涙ほか | 三木直大 | 思潮社 |
| | 女神の島 | 陳玉慧 | 海神家族 | 女神の島 | 白水紀子 | 人文書院 |
| 2012.3 | 堅持して悔いなし―陳若曦自伝 | 陳若曦 | 堅持、無悔――陳若曦七十自述 | 堅持して悔いなし―陳若曦自伝 | 澤田隆人、吉田重信 | 西田書店 |
| 2012.6 | 台湾海峡一九四九 | 龍応台 | 大江大海一九四九 | 台湾海峡一九四九 | 天野健太郎 | 白水社 |
| | 黄霊芝小説選―戦後台湾の日本語文学 | 黄霊芝 | | 「金」の家 | 下岡友加 | 溪水社 |
| 2012.7 | 『植民地文化研究』第11号 | 胡淑雯 | 来来飯店 | 来来飯店 | 三須祐介 | 植民地文化学会 |

著者略歴
赤松美和子（あかまつ　みわこ）
1977年、兵庫県生まれ。2008年、お茶の水女子大学大学院博士後期課程修了。博士（人文科学）。専門は台湾文学。現在、大妻女子大学比較文化学部助教。主な論文に「戒厳令期の台湾における「文学場」構築への一考察――救国団の文芸活動と編集者瘂弦」『日本中国学会報』第59号（2007年）、「李昂「迷園」・『自伝の小説』における「他者」なる主人公――九〇年代の台湾文学への一考察」『お茶の水女子大学中国文学会報』第30号（2011年）などがある。

台湾文学《たいわんぶんがく》と文学《ぶんがく》キャンプ
――読者《どくしゃ》と作家《さっか》のインタラクティブな創造空間《そうぞうくうかん》

2012年11月15日　初版第1刷発行

著　者●赤松美和子
発行者●山田真史
発行所●株式会社東方書店
東京都千代田区神田神保町1-3　〒101-0051
電話 03-3294-1001　営業電話 03-3937-0300
装　幀●堀　博
印刷・製本●大日本印刷株式会社
定価はカバーに表示してあります。


ISBN978-4-497-21224-5 C3098